新世纪教育文库

徐含之 / 选编

中华经典诵读本

（有声版）

苏州大学出版社
Soochow University Press

新世纪教育文库

总 策 划／朱永新
题　　签／启　功
装帧设计／周　晨

图书在版编目（CIP）数据

中华经典诵读本／朱永新主编；徐含之选编.—苏州：苏州大学出版社，2000.9（2024.4 重印）
（新世纪教育文库）
ISBN 978-7-81037-725-6

Ⅰ.中… Ⅱ.①朱… ②徐… Ⅲ.①古典诗歌－作品集－中国 ②词（文学）－作品集－中国－古代 ③古典散文－作品集－中国 Ⅳ.I211

中国版本图书馆 CIP 数据核字（2000）第 48489 号

Zhonghua Jingdian Songdu Ben

书　　名：	中华经典诵读本
选　　编：	徐含之
审　　订：	张中行
责任编辑：	谢珂珂
封面设计：	周　晨
出　　版：	苏州大学出版社
地　　址：	苏州市十梓街 1 号
印　　刷：	丹阳兴华印务有限公司
开　　本：	850 mm×1 168 mm　1/32
印　　张：	8.75
字　　数：	184 千
版　　次：	2000 年 9 月第 1 版 2024 年 4 月第 44 次印刷
书　　号：	ISBN 978-7-81037-725-6
定　　价：	25.00 元

新世纪教育文库

总策划

朱永新

学术顾问

（按姓氏笔画为序）

于光远	王元化	王富仁	曲钦岳	任继愈
刘　吉	许嘉璐	阮长耿	李文海	李政道
李慎之	杨叔子	何祚庥	余秋雨	闵维方
汪　晖	启　功	张中行	张岂之	张岱年
张培恒	陆文夫	陈平原	季羡林	顾明远
钱仲联	钱理群	葛兆光	葛剑雄	童庆炳
路雨祥	潘懋元	戴　逸		

编委会主任

王　荣　　石启忠　　周德藩　　朱慕菊
朱永新　　王於良　　李国华　　朱天晓

编委会委员

（按姓氏笔画为序）

王少东	王余光	尤学贵	冯　斌	成尚荣
朱芒芒	朱家珑	朱赛玉	杨九俊	谷公胜
沈　霖	陆志平	陈子平	周　川	单　强
赵唯一	施曙华	姜一平	袁振国	徐　雁
鞠　勤				

执行编委

朱永新　　尤学贵　　谷公胜　　陈子平
周　川　　单　强　　钱　薇

新世纪教育文库·总序

新世纪教育文库编委会主任　博士生导师
朱永新

我们站在新世纪的门槛上，面对着一个科学技术日新月异、知识经济初见端倪、国力竞争日趋激烈的世界。严峻的现实告诉我们，要屹立于二十一世纪世界民族之林，就必须全面提高国民整体素质，激活民族的创新能力。我们愈来愈迫切地感觉到，如何提高受教育者的文化素养，拓展他们的知识视野，开发他们的智力潜能，陶冶他们的思想情操，培养他们的创新精神和实践能力；如何更新教育者的教育理念，提高他们的理论素养和教育能力，提升他们的精神境界，已经成为我国教育不可回避的紧要课题。

一位作家说过："热爱书吧，这是知识的源泉，只有知识才是有用的，只有它才能够使我们从精神上成为坚强、忠诚和有理智的人，成为能够真正爱人类、尊重人类劳动、衷心地欣赏人类那不间断的伟大劳动所产生的美好果实的人。"这也正是我们编纂"新世纪教育文库"时所共同拥有的热情与信念。

在全面推进素质教育的进程中，我们觉得，应当为学生提供和书本拥抱、与大师对话的机会，从而点燃他们创造才华的火花。我们编纂"新世纪教育文库"，期待着它能为素质教育的全面深入发展提供一个良好的契机和新的生长点。

作为百年之交、千年之交的一次文化积累、整理和总结，"新世纪教育文库"的编纂同时也是对文化更新、转换和创造的一种尝试。我们期盼着它在新的世纪结出丰硕的文化教育成果。

基于以上的思考，我们在编纂"新世纪教育文库"（以下简称"文库"）时力求遵循以下原则：

——经典性和广泛性的统一。"文库"注重所选作品的经典性和人文价值，同时也兼顾知识的广泛性与时代性，社会科学、自然科学等方面都要涉及，使经典著作的普及和现代科学知识的拓展相结合。

——深刻性和可读性的统一。"文库"注重所选作品思想内容的深刻性，但深刻性并不意味着晦涩、枯燥、味同嚼蜡，我们编选作品时充分顾及可读性，使那些具有丰富人文内涵的佳作成为学生们可亲可近的精神伙伴。

——层次性和整体性的统一。"文库"既考虑大中小学师生不同阅读层次的需要，也兼顾"文库"自身的连续性、整体性和系统性。因此，"文库"一方面尽量避免各系列之间的重复、雷同，另一方面在各系列书目有必要的交叉时，考虑篇幅、文本有所区别。

我们力求精选精编，使"文库"达到一流水准，用经得起时间考验的名著经典和文化精品为大中小学生和教师营造精神家园，使"文库"成为学校图书馆的必备书，成为有志使孩子成才的家庭的小型图书馆。

"文库"分小学、中学、大学、教师四个系列，分别由陈子平博士、单强博士、朱永新博士和周川博士担任系列主编，每个系列一百种（其中重点推荐书目二十种）。各个系列的书目有所侧重：小学——基础、自然、想象；中学——人文、情感、品德；大学——学术、视野、责任；教师——理论、创造、技能。但四个系列是一个整体，小学生也可以选读中学甚至大学系列中的名著，大学生也可以读小学、中学系列中的一些经典，教师则更应该努力阅读各系列中所有重点推荐书目。

"文库"的出版得到了教育界、学术界、出版界的广泛关注与热情支持。于光远先生给予高度评价："编好这个文库，其意义绝不亚于造一条高速公路。"张中行先生、钱仲联先生等年过九旬的前辈都亲自参加了"文库"的研讨会。中共中央宣传部、教育部、团中央及江苏省人民政府、省教委和团省委等有关单位的领导均给"文库"很多鼓励和支持，江苏省新闻出版局把出好"文库"列为工作的重中之重。江苏吴中集团多年来奉行"既为青少年提供丰富的物质产品，更要为青少年奉献优秀的精神产品"的宗旨，他们慷慨解囊，全力以赴支持"文库"的出版、发行工作，为"文库"的成功奠定了坚实的基础。这些，都更增添了我们的责任感与使命感。

伴随着新世纪清晰可辨的脚步声，我们热切地倾听着莘莘学子的琅琅读书声。我们执着地认定，未来的时代是一个竞争与挑战的时代，是一个充满生机活力的时代，同时，它也应该是一个潜心读书的时代。"风声雨声读书声，声声入耳；家事国事天下事，事事关心。"这才能俯仰于天地之间，塑造一代新人坚强的灵魂和崭新的形象，实现中华民族的伟大复兴。

"为天地立心，为生民立命，为往圣继绝学，为万世开太平。"古代的哲人曾经这样寄语一代书生，今天我们将赋予这句话以新的内涵。让我们以真正读书人的襟怀和气魄，昂首走进新世纪！

1999 年 10 月

编者前言

中华民族源远流长、博大精深的传统文化给我们子孙后代留下了宝贵的精神遗产，其中那些积淀着智慧结晶、映射着理性光辉的言论著作，那些浓缩着丰富情感、蕴含着优美意象的诗词曲赋，就像灿烂的星河，熠熠生辉，令人神往不已。这些古诗文经典，对于治学修身、熏陶性灵、引导价值判断、提升审美品位及培养语文能力等方面所具有的功能和作用，是怎么估价也不过分的。

文化积累和语文功底，是一个人整体素质水平的重要标志。看一个人文化底气足不足，首先就看他肚子里有多少佳作名句。熟读、背诵一定数量的文化精品，这是真正的基本功。消化、理解、吸收、运用，都必须建立在识记的基础上，记不住，就什么都落空了。

事实证明，儿童少年时代是记忆力最强的时期，也是学习语言、积累文化的最佳时期。在这块正待开垦的记忆的处女地上，应该撒下最好的养料、播下最好的种子，而不应该让它荒芜板结，更不能使它受到污水稗草的污染。

古诗文经典内涵丰富而深刻，对这些经典的理解，有一个由少到多、由表及里、由浅入深的过程，有些东西要具有一定的阅历才会懂得，有些东西则够一辈子体味的。诵读古诗文，可以不求甚解，但须熟读成诵。"九层之台，起于累土"，趁少年强记之时，多背些古诗文经典，必将终身受益。

本书共选古诗文287篇（则），为便于诵读，分为四编。

甲编是先秦诸子著述，乙编是历代诗歌，丙编是词曲，丁编是历代散文。所选诗文包括了九年义务教育全日制小学和初中语文教学大纲推荐背诵的共150篇古诗文以及普通高中语文教学大纲推荐背诵的部分古诗文。为了帮助诵读，对少数难读或容易读错的字注了拼音，并对少数字、词做了简要的注解。

本书还附了一个名句或关键语句的索引，如果只记得某诗文中的一两句名言或关键语句，可以按首字拼音查找到作者、出处和全文。凭借这个索引，可以提高背诵的效率。

背诵是硬功夫，但也有良方可循。比如，可以单独背和集体背相结合，可以按作者背，可以按专题背，可以搞竞赛活动背，特别是还可以家长和孩子一起背。校园内外，亲子之间，书声琅琅，其乐融融，何等快意！

"天行健，君子以自强不息。"愿与诸生共勉。

2000年8月于姑苏

目 录

【甲 编】

《论语》二十八则 ………………………………（ 3 ）
《孟子》五则 ……………………………………（ 10 ）
《老子》一则 ……………………………………（ 14 ）
《荀子》一则 ……………………………………（ 15 ）
《管子》一则 ……………………………………（ 18 ）
《孙子》一则 ……………………………………（ 19 ）
《庄子》两则 ……………………………………（ 21 ）
《韩非子》一则 …………………………………（ 23 ）
《列子》四则 ……………………………………（ 24 ）
《易传》三则 ……………………………………（ 29 ）
《中庸》三则 ……………………………………（ 30 ）
《礼记》两则 ……………………………………（ 32 ）

【乙 编】

《诗经》六首 ……………………………………（ 37 ）
汉乐府三首 ………………………………………（ 42 ）
古诗一首 …………………………………………（ 45 ）
南北朝乐府两首 …………………………………（ 46 ）
短歌行 ……………………………………曹 操（ 49 ）
观沧海 ……………………………………曹 操（ 50 ）

龟虽寿	曹　操	（51）
七步诗	曹　植	（52）
归园田居（二首）	陶渊明	（53）
饮酒（结庐在人境）	陶渊明	（54）
送杜少府之任蜀州	王　勃	（55）
咏鹅	骆宾王	（55）
登幽州台歌	陈子昂	（56）
望洞庭湖赠张丞相	孟浩然	（56）
过故人庄	孟浩然	（57）
春晓	孟浩然	（57）
宿建德江	孟浩然	（58）
凉州词	王之涣	（58）
登鹳雀楼	王之涣	（59）
咏柳	贺知章	（59）
回乡偶书	贺知章	（60）
次北固山下	王　湾	（60）
凉州词	王　翰	（61）
黄鹤楼	崔　颢	（61）
从军行	王昌龄	（62）
出塞	王昌龄	（63）
芙蓉楼送辛渐	王昌龄	（63）
山居秋暝	王　维	（64）
竹里馆	王　维	（64）
杂诗	王　维	（65）
相思	王　维	（65）
使至塞上	王　维	（66）
鹿柴	王　维	（66）

鸟鸣涧	王　维	（67）
九月九日忆山东兄弟	王　维	（67）
送元二使安西	王　维	（68）
将进酒	李　白	（68）
行路难	李　白	（70）
古朗月行（节选）	李　白	（71）
静夜思	李　白	（71）
秋浦歌（白发三千丈）	李　白	（71）
赠汪伦	李　白	（72）
闻王昌龄左迁龙标遥有此寄	李　白	（72）
黄鹤楼送孟浩然之广陵	李　白	（73）
送友人	李　白	（73）
宣州谢朓楼饯别校书叔云	李　白	（74）
望庐山瀑布	李　白	（75）
望天门山	李　白	（75）
早发白帝城	李　白	（76）
独坐敬亭山	李　白	（76）
渡荆门送别	李　白	（77）
别董大	高　适	（77）
塞上听吹笛	高　适	（78）
题破山寺后禅院	常　建	（78）
夜月	刘方平	（79）
白雪歌送武判官归京	岑　参	（79）
绝句（迟日江山丽）	杜　甫	（81）
望岳	杜　甫	（81）
前出塞	杜　甫	（82）
春望	杜　甫	（82）

蜀相	杜 甫	（83）
春夜喜雨	杜 甫	（83）
茅屋为秋风所破歌	杜 甫	（84）
闻官军收河南河北	杜 甫	（85）
旅夜书怀	杜 甫	（86）
登高	杜 甫	（87）
江南逢李龟年	杜 甫	（87）
绝句（两个黄鹂）	杜 甫	（88）
赠花卿	杜 甫	（88）
江畔独步寻花（黄师塔前）	杜 甫	（89）
戏为六绝句（王杨卢骆）	杜 甫	（89）
逢雪宿芙蓉山主人	刘长卿	（90）
枫桥夜泊	张 继	（90）
寒食	韩 翃	（91）
滁州西涧	韦应物	（91）
塞下曲（林暗草惊风）	卢 纶	（92）
塞下曲（月黑雁飞高）	卢 纶	（92）
小儿垂钓	胡令能	（93）
游子吟	孟 郊	（93）
李凭箜篌引	李 贺	（94）
雁门太守行	李 贺	（95）
南园（男儿何不带吴钩）	李 贺	（95）
江雪	柳宗元	（96）
听颖师弹琴	韩 愈	（96）
左迁至蓝关示侄孙湘	韩 愈	（97）
江南曲	李 益	（98）
离思（曾经沧海）	元 稹	（98）

闻乐天授江州司马	元 稹（99）
竹枝词（杨柳青青）	刘禹锡（99）
浪淘沙（九曲黄河）	刘禹锡（100）
望洞庭	刘禹锡（100）
秋词	刘禹锡（101）
石头城	刘禹锡（101）
乌衣巷	刘禹锡（102）
酬乐天扬州初逢席上见赠	刘禹锡（102）
寻隐者不遇	贾 岛（103）
题李凝幽居	贾 岛（103）
悯农（二首）	李 绅（104）
赋得古原草送别	白居易（105）
卖炭翁	白居易（105）
观刈麦	白居易（107）
问刘十九	白居易（108）
钱塘湖春行	白居易（108）
大林寺桃花	白居易（109）
题都城南庄	崔 护（109）
过华清宫	杜 牧（110）
江南春	杜 牧（110）
赤壁	杜 牧（111）
泊秦淮	杜 牧（111）
山行	杜 牧（112）
秋夕	杜 牧（112）
清明	杜 牧（113）
商山早行	温庭筠（113）
夜雨寄北	李商隐（114）

无题（相见时难）	李商隐（114）
乐游原	李商隐（115）
咏田家	聂夷中（115）
社日	王　驾（116）
梅花（众芳摇落）	林　逋（116）
蚕妇	张　俞（117）
元日	王安石（117）
梅花（墙角数枝梅）	王安石（118）
泊船瓜洲	王安石（118）
登飞来峰	王安石（119）
六月二十七日望湖楼醉书	苏　轼（119）
饮湖上初晴后雨	苏　轼（120）
题西林壁	苏　轼（120）
惠崇春江晚景	苏　轼（121）
夏日绝句	李清照（121）
小池	杨万里（122）
晓出净慈寺送林子方	杨万里（122）
游山西村	陆　游（123）
剑门道中遇微雨	陆　游（123）
书愤	陆　游（124）
冬夜读书示子聿（选一：古人学问）	陆　游（124）
秋夜将晓出篱门迎凉有感	陆　游（125）
十一月四日风雨大作	陆　游（125）
示儿	陆　游（126）
四时田园杂兴（选一：昼出耘田）	范成大（126）
观书有感	朱　熹（127）

春日	朱　熹	(127)
题临安邸	林　升	(128)
游园不值	叶绍翁	(128)
乡村四月	翁　卷	(129)
绝句（古木阴中）	释志南	(129)
春游湖	徐　俯	(130)
约客	赵师秀	(130)
墨梅	王　冕	(131)
过零丁洋	文天祥	(131)
石灰吟	于　谦	(132)
精卫	顾炎武	(132)
别云间	夏完淳	(133)
竹石	郑　燮	(133)
论诗（李杜诗篇）	赵　翼	(134)
己亥杂诗（浩荡离愁）	龚自珍	(134)
己亥杂诗（九州生气）	龚自珍	(135)
舟夜书所见	查慎行	(135)

【丙　编】

渔歌子（西塞山前）	张志和	(139)
忆江南（江南好）	白居易	(139)
望江南（梳洗罢）	温庭筠	(140)
浪淘沙（帘外雨潺潺）	李　煜	(140)
虞美人（春花秋月）	李　煜	(141)
相见欢（无言独上）	李　煜	(141)
苏幕遮（碧云天）	范仲淹	(142)
渔家傲（塞下秋来）	范仲淹	(142)

浣溪沙（一曲新词）	晏　殊	（143）
玉楼春（龙头舴艋）	张　先	（143）
雨霖铃（寒蝉凄切）	柳　永	（144）
望海潮（东南形胜）	柳　永	（145）
江城子·密州出猎	苏　轼	（146）
水调歌头（明月几时有）	苏　轼	（147）
浣溪沙（山下兰芽）	苏　轼	（148）
念奴娇·赤壁怀古	苏　轼	（148）
青玉案（凌波不过）	贺　铸	（149）
满江红（怒发冲冠）	岳　飞	（150）
如梦令（昨夜雨疏风骤）	李清照	（151）
醉花阴（薄雾浓云）	李清照	（151）
武陵春（风住尘香）	李清照	（152）
渔家傲（天接云涛）	李清照	（152）
诉衷情（当年万里）	陆　游	（153）
卜算子·咏梅	陆　游	（153）
菩萨蛮·书江西造口壁	辛弃疾	（154）
清平乐·村居	辛弃疾	（154）
破阵子·为陈同甫赋壮词以寄之	辛弃疾	（155）
西江月·夜行黄沙道中	辛弃疾	（155）
鹧鸪天（陌上柔桑）	辛弃疾	（156）
永遇乐·京口北固亭怀古	辛弃疾	（157）
天净沙·秋思	马致远	（158）
山坡羊·潼关怀古	张养浩	（158）
朝天子·咏喇叭	王　磐	（159）

【丁　编】

《左传》一则 …………………………………………（163）

《战国策》一则		(165)
屈原列传（节选）	司马迁	(168)
师旷论学	刘 向	(170)
乐羊子妻	范 晔	(171)
《山海经》两则		(173)
《淮南子》一则		(174)
出师表	诸葛亮	(175)
诫子书	诸葛亮	(180)
慎其所处者	王 肃	(181)
桃花源记	陶渊明	(182)
五柳先生传	陶渊明	(185)
与朱元思书	吴 均	(187)
三峡	郦道元	(189)
答谢中书书	陶弘景	(191)
《文心雕龙》一则	刘 勰	(192)
师说	韩 愈	(193)
马说	韩 愈	(196)
送董邵南游河北序	韩 愈	(198)
黔之驴	柳宗元	(199)
始得西山宴游记	柳宗元	(200)
陋室铭	刘禹锡	(203)
岳阳楼记	范仲淹	(204)
卖油翁	欧阳修	(207)
醉翁亭记	欧阳修	(209)
爱莲说	周敦颐	(212)
墨池记	曾 巩	(213)
伤仲永	王安石	(215)

记承天寺夜游 …………………………… 苏 轼（217）
赤壁赋 ………………………………… 苏 轼（218）
上枢密韩太尉书 ………………………… 苏 辙（222）
送东阳马生序 …………………………… 宋 濂（226）
湖心亭看雪 ……………………………… 张 岱（230）
为学一首示子侄（节选） ……………… 彭端淑（232）

索引 ……………………………………………（235）

【甲编】

先秦是我国历史上一个大变革、大发展的时期，人们对自然、社会和人生的认识不断地丰富、深化、碰撞、提升，形成了百家争鸣的局面，产生了大量优秀著述，开启了中华文化的先河。这些著述以其思想的穿透力和语言的魅力，至今仍闪耀着夺目的光彩。其中有的已成为万口传诵的格言，如"学而时习之，不亦说乎？""富贵不能淫，贫贱不能移，威武不能屈，此之谓大丈夫"；有的则演化成广泛使用的成语，如"舍生取义""教学相长""自相矛盾"。

诵读时，首先要读准字音，要按普通话的要求把每个字都读正确、读清楚，要字字落实，切忌含含糊糊一带而过。通假字、多音字及一些难读的、读音特殊的字要按正文上方的汉语拼音读。其次要注意严格照着原文读，不能漏字，不能添字，不能颠倒顺序。开始诵读就要养成一丝不苟的好习惯。

本编所选文章短小精悍，易于记诵。为了强化记忆，可以把要背的文字抄在卡片上，或者挂在家里、教室里，或者随身带着，经常看看、读读，天天坚持，就能积少成多、聚沙成塔了。

《论语》二十八则

子曰:"学而时习之,不亦说(yuè)乎?有朋自远方来,不亦乐乎?人不知而不愠(yùn),不亦君子乎?"

- 说:通"悦"。
- 愠:怨恨。

曾(zēng)子曰:"吾日三省(xǐng)吾身:为人谋而不忠乎?与朋友交而不信乎?传(chuán)不习乎?"

- 曾子:孔子的学生曾参(shēn)。
- 省:反省。
- 传:老师传授的知识。

子曰:"君子食无求饱,居无求安,敏于事而慎于言,就有道而正焉,可谓好学也已。"

- 敏:勤勉。
- 有道:道德高尚的人。
- 正:匡正。

【甲编】

子曰:"吾十有五而志于学,三十而立,四十而不惑,五十而知天命,六十而耳顺,七十而从心所欲,不逾矩。"

- 有:通"又"。

子曰:"温故而知新,可以为师矣。"

孔子像

子曰:"学而不思则罔,思而不学则殆。"

- 罔:受欺骗。
- 殆:疑惑。

子曰:"由!诲女知之乎!知之为知之,不知为不知,是知也。"

- 由:孔子的学生仲由。
- 女:通"汝"。
- 知(zhì):通"智",聪明智慧。

子曰:"见贤思齐焉,见不贤而内自省也。"

- 齐:看齐。

子贡问曰:"孔文子何以谓之'文'也?"子曰:"敏而好(hào)学,不耻下问,是以谓之'文'也。"

• 孔文子:卫国的大夫孔圉。

子曰:"贤哉,回也!一箪(dān)食,一瓢(piáo)饮,在陋巷,人不堪(kān)其忧,回也不改其乐。贤哉,回也!"

• 回:孔子的学生颜回。
• 箪:盛饭的竹器。

子曰:"质胜文则野,文胜质则史。文质彬彬,然后君子。"

• 野:粗鄙。
• 史:虚浮。

子曰:"知之者不如好(hào)之者,好之者不如乐之者。"

【甲编】

子曰："默而识之，学而不厌，诲人不倦，何有于我哉？"

- 识：记住。
- 厌：满足。

子曰："不愤不启，不悱不发。举一隅不以三隅反，则不复也。"

- 愤：想求明白而不得。
- 悱：想表达而说不出来。

子曰："饭疏食，饮水，曲肱而枕之，乐亦在其中矣。不义而富且贵，于我如浮云。"

- 疏食：粗粮。
- 肱：胳膊。

子曰："三人行，必有我师焉。择其善者而从之，其不善者而改之。"

曾子曰："士不可以不弘(hóng)毅，任重而道远。仁以为己任，不亦重乎？死而后已，不亦远乎？"

- 弘毅：刚强坚毅。

颜渊喟(kuì)然叹曰："仰之弥(mí)高，钻之弥坚，瞻(zhān)之在前，忽焉在后。夫子循(xún)循然善诱人，博我以文，约我以礼，欲罢不能。既竭吾才，如有所立卓尔。虽欲从之，末由也已。"

- 颜渊：孔子的学生颜回，字子渊。
- 弥：越，更。
- 约：约束。

子曰："后生可畏，焉知来者之不如今也？四十、五十而无闻焉，斯亦不足畏也已。"

【甲编】

【甲编】

子曰:"三军可夺帅也,匹夫不可夺志也。"

● 匹夫:个人,平常人。

子曰:"岁寒,然后知松柏之后凋(diāo)也。"

子曰:"君子成人之美,不成人之恶(è)。小人反是。"

● 反是:和这相反。

子曰:"无欲速,无见小利。欲速则不达,见小利则大事不成。"

子曰:"志士仁人,无求生以害仁,有杀身以成仁。"

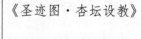

《圣迹图·杏坛设教》

子曰:"工欲善其事,必

先利其器。居是邦也,事其大夫之贤者,友其士之仁者。"

子贡问曰:"有一言而可以终身行之者乎?"子曰:"其恕乎!己所不欲,勿施于人。"

孔子曰:"益者三友,损者三友。友直,友谅,友多闻,益矣。友便(pián)辟(bì),友善柔,友便(piánnìng)佞,损矣。"

- 谅:诚信。
- 便辟:阿谀奉承。
- 善柔:善于当面恭维。
- 便佞:花言巧语。

孔子曰:"君子有九思:视思明,听思聪,色思温,貌思恭,言思忠,事思敬,疑思问,忿思难,见得思义。"

《孟子》五则

得道多助，失道寡助

天时不如地利，地利不如人和。三里之城，七里之郭(guō)，环而攻之而不胜。夫(fú)环而攻之，必有得天时者矣，然而不胜者，是天时不如地利也。城非不高也，池非不深也，兵革非不坚利也，米粟非不多也，委而去之，是地利不如人和也。故曰：域(yù)民不以封疆(jiāng)之界，固国不以山溪之险，威天下不以兵革之利。得道者多

- 郭：外城。

- 委：抛弃。
- 去：逃离。
- 域：界线，这里是限制的意思。

助，失道者寡(guǎ)助。寡助之至，亲戚畔(pàn)之。多助之至，天下顺之。以天下之所顺，攻亲戚之所畔，故君子有不战，战必胜矣。

- 畔：通"叛"。
- 顺：归顺，服从。

生于忧患，死于安乐

天将(jiàng)降大任于是人也，必先苦其心志，劳其筋骨，饿其体肤，空乏其身，行拂乱其所为，所以动心忍性，曾(zēng)益其所不能。

- 拂：违背。
- 曾：通"增"。

人恒(héng)过，然后能改；困于心，衡于虑，而后作；征于色，发于声，而后喻。入则无

- 衡：通"横"，梗塞不通。

【甲编】

法家拂(bì)士，出则无敌国外患者，国恒亡。然后知生于忧患，而死于安乐也。

- 法家拂士：有法度的世家大臣，能辅佐君王的贤明之士。拂，通"弼"。

鱼，我所欲也

鱼，我所欲也，熊掌，亦我所欲也；二者不可得兼，舍鱼而取熊掌者也。生，亦我所欲也，义，亦我所欲也；二者不可得兼，舍生而取义者也。

- 欲：想要。
- 得兼：同时拥有。

居天下之广居

居天下之广居，立天下之正位，行天下之大道。得志，与民由之；不得志，独行其道。富贵不能淫(yín)，贫贱不能

孟子像

- 淫：惑乱。

移，威武不能屈，此之谓大丈夫。

专心致志

今夫(fú)弈之为数，小数也，不专心致志，则不得也。弈(yì)秋，通国之善弈者也。使弈秋诲(huì)二人弈，其一人专心致志，惟弈秋之为听。一人虽听之，一心以为有鸿鹄(hú)将至，思援弓缴(zhuó)而射之。虽与之俱学，弗若之矣。为是其智弗若与？曰：非然也。

- 弈：下棋。
- 数：技艺。

- 缴：系在箭上的生丝绳。

【甲编】

《老子》一则

合抱之木，生于毫末

合抱之木，生于毫末。
九层之台，起于累（lěi）土。
千里之行，始于足下。

- 累：堆积。

老子像

《荀子》一则

劝 学（节选）

君子曰：学不可以已。青，取之于蓝，而青于蓝；冰，水为之，而寒于水。木直中(zhòng)绳，𫐓(róu)以为轮，其曲中规。虽有槁暴(yòu gǎo pù)，不复挺者，𫐓使之然也。故木受绳则直，金就砺(lì)则利，君子博学而日参省(cān xǐng)乎己，则知(zhì)明而行无过矣。

吾尝终日而思矣，不如须臾(yú)之所学也；吾尝跂(qǐ)而望矣，

- 已：停止。
- 青：靛青，一种染料。
- 蓝：蓼蓝，一种植物，叶可制青色染料。
- 中：符合，合于。
- 𫐓：通"煣"，用文火烤以使弯曲。
- 有：同"又"。
- 暴：同"曝"，晒。
- 砺：磨刀石。
- 参省：参验反省。

- 跂：踮起脚。

不如登高之博见也。登高而招，臂非加长也，而见者远；顺风而呼，声非加疾也，而闻者彰(zhāng)。假(jiǎ)舆(yú)马者，非利足也，而致千里；假舟楫(jí)者，非能水也，而绝江河。君子生(xìng)非异也，善假于物也。

积土成山，风雨兴焉；积水成渊，蛟(jiāo)龙生焉；积善成德，而神明自得，圣心备焉。故不积跬(kuǐ)步，无以至千里；不积小流，无以成江海。骐骥(qí jì)一跃，不能十步；驽(nú)马十驾，功在不舍。锲(qiè)而舍之，朽木不折；锲而不舍，金石可镂(lòu)。蚓(yǐn)

- 假：凭借。

- 绝：横渡。
- 生：通"性"，本性，天性。

- 神明：指人的精神。
- 跬步：一只脚迈出一步为跬，两只脚各迈出一步为步。

无爪牙之利，筋骨之强，上食
āi
埃土，下饮黄泉，用心一也；
蟹六跪而二螯，非蛇鳝之穴
guì　　áo　　shàn
无可寄托者，用心躁也。
zào

● 六跪："六"当作"八"。跪，脚。

荀子像

《管子》一则

终身之计

一年之计,莫如树谷;十年之计,莫如树木;终身之计,莫如树人。一树一获者,谷也;一树十获者,木也;一树百获者,人也。

管仲像

《孙子》一则

谋 攻(节选)

凡用兵之法,全国为上,破国次之;全军为上,破军次之;全旅为上,破旅次之;全卒(zú)为上,破卒次之;全伍为上,破伍次之。

是故百战百胜,非善之善者也;不战而屈(qū)人之兵,善之善者也。故上兵伐谋,其次伐交,其次伐兵,其下攻城。攻城之法,为不得已。

……

故知胜有五:知可以战与不可以战者胜,识众寡之用者

- 全国:不战而使敌方举国来降。

- 旅:五百人为旅。

- 卒:一百人为卒。
- 伍:五人为伍。

胜,上下同欲者胜,以虞(yú)待不虞者胜,将能而君不御(yù)者胜。此五者,知胜之道也。故曰:知彼知己,百战不殆(dài);不知彼而知己,一胜一负;不知彼不知己,每战必殆。

- 虞:防范。

《庄子》两则

逍遥游（节选）

北冥有鱼，其名为鲲。鲲之大，不知其几千里也。化而为鸟，其名为鹏。鹏之背，不知其几千里也。怒而飞，其翼若垂天之云。是鸟也，海运则将徙于南冥。南冥者，天池也。

- 怒：奋翅。
- 运：动荡。

《齐谐》者，志怪者也。《谐》之言曰："鹏之徙于南冥也，水击三千里，抟扶摇而

- 抟：盘旋。
- 扶摇：旋风。

上者九万里，去以六月息者也。"野马也，尘埃也，生物之以息相吹也。天之苍苍，其正色邪？其远而无所至极邪？其视下也，亦若是则已矣。

浑沌

南海之帝为儵（shū），北海之帝为忽（hū），中央之帝为浑沌（hún dùn）。儵与忽时相与遇于浑沌之地，浑沌待之甚善。儵与忽谋报浑沌之德，曰："人皆有七窍，以视听食息。此独无有，尝试凿（záo）之。"日凿一窍，七日而浑沌死。

- 息：气息。
- 野马：指春天野外游动的雾气。

庄子像

- 食息：进食呼吸。

《韩非子》一则

自相矛盾

人有鬻(yù)矛与盾者,誉其盾之坚:"物莫能陷也。"俄而又誉其矛曰:"吾矛之利,物无不陷也。"人应之曰:"以子之矛陷子之盾,何如?"其人弗能应也。

- 鬻:卖。

韩非子像

【甲编】

《列子》四则

愚公移山

太行(háng)、王屋二山，方七百里，高万仞(rèn)。本在冀(jì)州之南，河阳之北。

北山愚公者，年且九十，面山而居。惩(chéng)山北之塞(sè)，出入之迂(yū)也，聚室而谋曰："吾与汝毕力平险，指通豫(yù)南，达于汉阴，可乎？"杂然相许。其妻献疑曰："以君之力，曾(céng)不能损魁(kuí)父之丘，如太行、

- 方：方圆。

- 且：将。

- 惩：这里是"苦于"的意思。

- 魁父：小山名。

王屋何？且焉置土石？"杂曰："投诸渤海之尾，隐土之北。"

- 诸：就是"之于"。
- 隐土：古代传说中的地名。

遂率子孙荷(hè)担者三夫，叩(kòu)石垦壤，箕畚(jī běn)运于渤海之尾。邻人京城氏之孀(shuāng)妻，有遗男，始龀(chèn)，跳往助之。寒暑易节，始一反焉。

- 始龀：刚刚换牙，指七八岁。
- 反：返。

河曲智叟(sǒu)笑而止之，曰："甚矣，汝之不惠！以残年余力，曾不能毁山之一毛，其如土石何？"

- 甚矣，汝之不惠：你太不聪明了。

北山愚公长息曰："汝心之固，固不可彻，曾不若孀妻弱子。虽我之死，有子存焉；子又生孙，孙又生子；子又有

- 息：叹息。
- 彻：通。

子，子又有孙。子子孙孙，无穷匮(kuì)也，而山不加增，何苦而不平？"河曲智叟亡(wú)以应。

　　操蛇之神闻之，惧其不已也，告之于帝。帝感其诚，命夸娥氏二子负二山，一厝(cuò)朔东，一厝雍南。自此，冀之南，汉之阴，无陇(lǒng)断焉。

- 亡：通"无"。
- 操蛇之神：神话中的山神。
- 夸娥氏：神话中力气很大的神。
- 厝：安置。

伯牙鼓琴

　　伯牙善鼓琴，钟子期善听。伯牙鼓琴，志在登高山。钟子期曰："善哉！峨(é)峨兮若泰山！"志在流水。钟子期曰："善哉！洋洋兮若江河！"伯牙所念，钟子期必得之。伯

- 志：心意。

牙游于泰山之阴，卒(cù)逢暴雨，止于岩下，心悲，乃援琴而鼓之。初为霖雨之操，更(gèng)造崩(bēng)山之音。曲每奏，钟子期辄(zhé)穷其趣。伯牙乃舍琴而叹曰："善哉，善哉！子之听夫(fú)！志想象犹吾心也。吾于何逃声哉？"

- 卒：突然。

- 霖雨：久下不停的雨。

- 趣：意向。

两小儿辩日

孔子东游，见两小儿辩斗。问其故。一儿曰："我以日始出时去人近，而日中时远也。"一儿以日初远，而日中时近也。

一儿曰："日初出大如车

- 以：以为。

盖，及日中则如盘盂，此不为远者小而近者大乎？"

一儿曰："日初出沧沧凉凉，及其日中如探汤，此不为近者热而远者凉乎？"

- 汤：热水。

孔子不能决也。两小儿笑曰："孰为汝多知(zhì)乎？"

薛谭学讴

薛谭学讴(ōu)于秦青，未穷青之技，自谓尽之，遂(suì)辞归。秦青弗止，饯(jiàn)于郊衢(qú)，抚节悲歌，声振林木，响遏(è)行云。薛谭乃谢求反，终身不敢言归。

《列子》书影

- 饯：拿酒食请客送行。
- 衢：四通八达的大路。
- 遏：阻止。

《易传》三则

天行健，君子以自强不息。

地势坤(kūn)，君子以厚德载物。

天尊地卑，乾(qián)坤定矣。卑高以陈，贵贱位矣。动静有常，刚柔断矣。方以类聚，物以群分，吉凶生矣。在天成象，在地成形，变化见(xiàn)矣。

《周易正义》书影

《中庸》三则

天命之谓性

天命之谓性，率(shuài)性之谓道，修道之谓教。道也者，不可须臾(yú)离也；可离，非道也。是故君子戒慎乎其所不睹，恐惧乎其所不闻。莫见(xiàn)乎隐，莫显乎微，故君子慎其独也。

● 须臾：一会儿，片刻。

喜怒哀乐之未发

喜怒哀乐之未发，谓之中；发而皆中(zhòng)节，谓之和。中也者，天下之大本也；和也者,天下之达道也。致中和,天地位焉,万物育焉。

诚者不勉而中

诚者,不勉而中,不思而得,从容中道,圣人也。诚之者,择善而固执之者也。博学之,审问之,慎思之,明辨之,笃行之。有弗学,学之弗能,弗措也;有弗问,问之弗知,弗措也;有弗思,思之弗得,弗措也;有弗辨,辨之弗明,弗措也;有弗行,行之弗笃,弗措也。人一能之,己百之;人十能之,己千之。果能此道矣,虽愚必明,虽柔必强。

- 固:坚持不渝。

- 措:停止。

《礼记》两则

大学之道

大学之道,在明明德,在亲民,在止于至善。

知止而后有定,定而后能静,静而后能安,安而后能虑,虑而后能得。

物有本末,事有终始。知所先后,则近道矣。

古之欲明明德于天下者,先治其国。欲治其国者,先齐其家。欲齐其家者,先修其身。欲修其身者,先正其心。欲正其心者,先诚其意。欲诚

- 大学之道:治理国家的根本原则。
- 明:彰明。

其意者，先致其知，致知在格物。

物格而后知至，知至而后意诚，意诚而后心正，心正而后身修，身修而后家齐，家齐而后国治，国治而后天下平。

- 致知：获得真知。
- 格物：推究事物的原理。

教学相长

虽有嘉肴（jiā yáo），弗食不知其旨也；虽有至道，弗学不知其善也。是故学然后知不足，教然后知困。知不足然后能自反也，知困然后能自强也。故曰：教学相长也。《兑命》（yuè）曰："学学半。"其此之谓乎？

- 旨：味道。

- 自反：克服自己的不足。

- 相长：相互促进。

- 学学半：教育别人和自己求学同样都有益处。

【乙编】

中国是诗的国度。中国古代诗歌，以《诗经》为光辉的起点，以唐诗为辉煌的顶峰，两千多年来，佳作之多，诗人之众，如满天繁星，蔚为大观。咀嚼、涵泳其间，是高尚的精神享受。诗歌修养是文化素质的试金石，一个人要是会背诵几首古诗，会显得比较高雅。

诵读诗歌要讲究节奏。四言诗（每句四字）每句是二二的节奏，如曹操《观沧海》："树木／丛生，百草／丰茂。"五言诗的节奏是二三，如《长歌行》："阳春／布德泽，万物／生光辉。"七言诗一般是二二三的节奏，如杜甫《绝句》："两个／黄鹂／鸣翠柳，一行／白鹭／上青天。"当然也有特殊情况，诵读时要注意。

诵读诗歌还要注意韵脚。诗歌中偶句句末的字要押韵（有时首句末字也押韵），押韵的字叫韵脚，如李白《渡荆门送别》中"游、流、楼、舟"四个字就是韵脚。韵脚一般要读得重一些，语调要拖长一些，以显示出诗歌独特的音乐美。不过，古诗是按古代读音押韵的，由于读音的变化，有些韵脚今天用普通话读，会觉得不押韵了，如李益《江南曲》中的"期"和"儿"就是这样。

背诵诗歌是很有趣味的，可以组织一些活动（如专题性的背诵竞赛等），来提高背诵的兴趣，巩固背诵的效果。

《诗经》六首

关雎(jū)

关关雎鸠(jiū)，在河之洲。
窈窕(yǎotiǎo)淑女，君子好逑(qiú)。

参差荇(cēn cī xìng)菜，左右流之。
窈窕淑女，寤寐(wùmèi)求之。

求之不得，寤寐思服。
悠哉悠哉，辗转反侧。

参差荇菜，左右采之。
窈窕淑女，琴瑟(sè)友之。

参差荇菜，左右芼(mào)之。
窈窕淑女，钟鼓乐之。

- 关关：和鸣声。
- 雎鸠：鸟名。
- 逑：配偶。

- 流：求取。

- 寤：睡醒。
- 寐：睡着。

《毛诗品物图考·关雎图》

- 芼：择取。

[乙编]

桃　夭(yāo)

桃之夭夭，灼灼(zhuózhuó)其华。
之子于归，宜其室家。

- 夭夭：茂盛而艳丽。

桃之夭夭，有蕡(fén)其实。
之子于归，宜其家室。

- 蕡：果实繁盛。

桃之夭夭，其叶蓁蓁(zhēn)。
之子于归，宜其家人。

- 蓁蓁：草木茂盛。

君子于役

君子于役，不知其期，曷(hé)至哉？

鸡栖于埘(shí)，日之夕矣，羊牛下来。

- 曷：何。

- 埘：鸡窝。

【乙编】

君子于役，如之何勿思！

君子于役，不日不月，曷其有佸(huó)？

- 佸：相会，聚集。

鸡栖于桀(jié)，日之夕矣，羊牛下括(huó)。

- 桀：鸡栖的木桩。

- 括：通"佸"，聚集。

君子于役，苟无饥渴！

风 雨

风雨凄凄，鸡鸣喈喈(jiē)，
既见君子，云胡不夷？

风雨潇潇，鸡鸣胶胶。
既见君子，云胡不瘳(chōu)？

- 瘳：病愈。

风雨如晦(huì)，鸡鸣不已。
既见君子，云胡不喜？

蒹（jiān） 葭（jiā）

蒹葭苍苍，白露为霜。
所谓伊人，在水一方。
溯洄（sù huí）从之，道阻且长。
溯游从之，宛在水中央。

- 溯洄：逆流而上。
- 溯游：顺流而下。

蒹葭萋萋（qī），白露未晞（xī）。
所谓伊人，在水之湄（méi）。
溯洄从之，道阻且跻（jī）。
溯游从之，宛在水中坻（chí）。

- 晞：干。
- 湄：水滨。
- 跻：攀登。
- 坻：水中高地。

蒹葭采采，白露未已。
所谓伊人，在水之涘（sì）。
溯洄从之，道阻且右。

- 涘：水边。
- 右：迂回。

溯游从之,宛在水中沚(zhǐ)。

• 沚:水中小洲。

无 衣

岂曰无衣?与子同袍。

王于兴师,修我戈矛,与子同仇!

岂曰无衣?与子同泽。

• 泽:汗衣。

王于兴师,修我矛戟(jǐ),与子偕(xié)作!

岂曰无衣?与子同裳(cháng)。

王于兴师,修我甲兵,与子偕行!

《五经图·诗经·秦小戎图》

汉乐府三首

江 南

江南可采莲,莲叶何田田!
鱼戏莲叶间。
鱼戏莲叶东,鱼戏莲叶西,
鱼戏莲叶南,鱼戏莲叶北。

- 田田:莲叶茂密的样子。

长 歌 行

青青园中葵,朝(zhāo)露待日晞(xī)。
阳春布德泽,万物生光辉。
常恐秋节至,焜(kūn)黄华叶衰(cuī)。
百川东到海,何时复西归?
少壮不努力,老大徒伤悲!

- 阳春:温暖的春天。
- 华:同"花"。
- 衰:减少。

陌上桑(mò)

日出东南隅(yú)，照我秦氏楼。秦氏有好女，自名为罗敷(fū)。罗敷喜蚕桑，采桑城南隅。青丝为笼系，桂枝为笼钩。头上倭堕髻(wō duò jì)，耳中明月珠。缃绮(qǐ)为下裙，紫绮为上襦(rú)。行者见罗敷，下担捋髭(lǚ zī)须。少年见罗敷，脱帽着帩(zhuó qiào)头。耕者忘其犁，锄者忘其锄。来归相怨怒，但坐观罗敷。

使君从南来，五马立踟(chí)蹰(chú)。使君遣(qiǎn)吏往，问是谁家

- 但：只。
- 坐：因。

姝。"秦氏有好女,自名为罗敷。""罗敷年几何?""二十尚不足,十五颇有余。"使君谢罗敷:"宁可共载不?"罗敷前置辞:"使君一何愚!使君自有妇,罗敷自有夫。"

"东方千余骑,夫婿居上头。何用识夫婿?白马从骊驹。青丝系马尾,黄金络马头。腰中鹿卢剑,可值千万余。十五府小吏,二十朝大夫,三十侍中郎,四十专城居。为人洁白皙,鬑鬑颇有须,盈盈公府步,冉冉府中趋。坐中数千人,皆言夫婿殊。"

- 姝:美女。

- 殊:出众。

古诗一首

迢迢牵牛星

迢迢牵牛星，皎皎河汉女。
纤纤擢素手，札札弄机杼。
终日不成章，泣涕零如雨。
河汉清且浅，相去复几许？
盈盈一水间，脉脉不得语。

● 涕：泪。

【乙编】

南北朝乐府两首

木兰诗

唧(jī)唧复唧唧,木兰当户织。不闻机杼(zhù)声,唯闻女叹息。问女何所思,问女何所忆。"女亦无所思,女亦无所忆。昨夜见军帖(tiě),可汗(kè hán)大点兵。军书十二卷(juàn),卷卷有爷名。阿爷无大儿,木兰无长兄,愿为市鞍马,从此替爷征。"

东市买骏马,西市买鞍鞯(jiān),南市买辔(pèi)头,北市买长鞭。旦辞爷娘去,暮宿黄河边。不闻爷娘唤女声,但闻黄

- 户:门。

- 可汗:指皇上。

花木兰像

河流水鸣溅溅。旦辞黄河去，暮至黑山头。不闻爷娘唤女声，但闻燕山胡骑鸣啾啾。

万里赴戎机，关山度若飞。朔气传金柝，寒光照铁衣。将军百战死，壮士十年归。

归来见天子，天子坐明堂。策勋十二转，赏赐百千强。可汗问所欲，"木兰不用尚书郎，愿驰千里足，送儿还故乡。"

爷娘闻女来，出郭相扶将。阿姊闻妹来，当户理红妆。小弟闻姊来，磨刀霍霍向猪羊。开我东阁门，坐我西阁

- 金柝：古时军中守夜打更用的器具。

- 策勋：记功。

- 不用：不愿做。

床。脱我战时袍，着我旧时裳。当窗理云鬓，对镜帖花黄。出门看火伴，火伴皆惊忙：同行十二年，不知木兰是女郎。

雄兔脚扑朔，雌兔眼迷离。双兔傍地走，安能辨我是雄雌？

- 帖：通"贴"。
- 火伴：伙伴。

敕勒歌

敕勒川，阴山下。天似穹庐，笼盖四野。天苍苍，野茫茫，风吹草低见牛羊。

曹 操（三首）

短歌行

对酒当歌，人生几何？

譬(pì)如朝露，去日苦多。

慨当以慷，忧思难忘。

何以解忧？惟有杜康。

- 杜康：古人名，相传酒是他开始制造的。这里指酒。

青青子衿(jīn)，悠悠我心。

但为君故，沉吟至今。

呦(yōu)呦鹿鸣，食野之苹。

我有嘉宾，鼓瑟吹笙。

- 苹：艾蒿。

明明如月，何时可掇(duō)？

忧从中来，不可断绝。

越陌(mò)度阡(qiān)，枉用相存。

契(qiè)阔谈䜩，心念旧恩。

曹操像

月明星稀，乌鹊南飞。

绕树三匝(zā)，何枝可依？

山不厌高，水不厌深。

周公吐哺(bǔ)，天下归心。

观 沧 海

东临碣(jié)石，以观沧海。

水何澹(dàn)澹，山岛竦峙(sǒng zhì)。

树木丛生，百草丰茂。

秋风萧瑟(xiāo sè)，洪波涌起。

日月之行，若出其中；

星汉灿烂(càn làn)，若出其里。

幸甚至哉，歌以咏志。

● 澹澹：水波动荡的样子。
● 竦峙：高高挺立。

● 星汉：天河，银河。

龟虽寿

神龟虽寿,犹有竟时。
腾蛇乘雾,终为土灰。
老骥伏枥,志在千里。
烈士暮年,壮心不已。
盈缩之期,不但在天。
养怡之福,可得永年。
幸甚至哉,歌以咏志。

- 竟:终。

- 枥:马棚。

- 烈士:指重义轻生的志士。
- 盈缩:进退、升降、成败、祸福等。

曹　植

七步诗

煮豆持作羹（gēng），
漉（lù）豉（chǐ）以为汁。
萁（qí）在釜（fǔ）下然（rán），
豆在釜中泣。
本是同根生，
相煎何太急？

- 漉：过滤。
- 然：通"燃"。

曹植像

陶渊明（三首）

归园田居（二首）

少无适俗韵，性本爱丘山。

误落尘网中，一去三十年。

羁(jī)鸟恋旧林，池鱼思故渊。

开荒南野际，守拙(zhuō)归田园。

方宅十余亩，草屋八九间。

榆柳荫后檐(yán)，桃李罗堂前。

暧(ài)暧远人村，依依墟(xū)里烟。

狗吠(fèi)深巷中，鸡鸣桑树颠。

户庭无尘杂，虚室有余闲。

久在樊(fán)笼里，复得返自然。

种豆南山下，草盛豆苗稀。

- 适俗：适应世俗。

- 暧暧：昏暗的样子。

- 樊笼：关鸟兽的笼子，比喻不自由的境地。

【乙编】

晨兴理荒秽(huì)，带月荷(hè)锄归。
道狭草木长，夕露沾我衣。
衣沾不足惜，但使愿无违。

- 秽：田中多草。

饮　酒

结庐(lú)在人境，而无车马喧。
问君何能尔，心远地自偏。
采菊东篱下，悠(yōu)然见南山。
山气日夕佳，飞鸟相与还。
此中有真意，欲辨已忘言。

- 悠然：闲适的样子。

王 勃

送杜少府之任蜀州

城^{què}辅三秦，风烟望五津。
与君离别意，同是宦^{huàn}游人。
海内存知己，天涯若比邻。
无为在歧路，儿女共沾巾。

- 宦游：出外做官。

- 无为：无须，不要。

^{luò}骆宾王

咏 鹅

鹅，鹅，鹅，
曲项向天歌。
白毛浮绿水，
红掌拨清波。

骆宾王像

[乙编]

陈子昂

登幽州台歌

前不见古人,
后不见来者。
念天地之悠悠,
独怆(chuàng)然而涕下!

● 怆然:悲伤的样子。

孟浩然(四首)

望洞庭湖赠张丞相

八月湖水平,涵(hán)虚混太清。
气蒸云梦泽,波撼(hàn)岳阳城。
欲济(jì)无舟楫(jí),端居耻圣明。
坐观垂钓者,徒有羡鱼情。

● 撼:摇动。

● 济:渡水。

过故人庄

故人具鸡黍(shǔ),邀我至田家。
绿树村边合,青山郭外斜。
开轩(xuān)面场圃(pǔ),把酒话桑麻。
待到重阳日,还来就菊花。

- 黍:小米
- 郭:外城。

孟浩然像

春 晓

春眠不觉晓,
处处闻啼鸟。
夜来风雨声,
花落知多少?

《唐诗画谱·春晓》

宿建德江

移舟泊烟渚,
日暮客愁新。
野旷天低树,
江清月近人。

- 渚：水中小洲。

王之涣（二首）

凉州词

黄河远上白云间,
一片孤城万仞山。
羌笛何须怨杨柳,
春风不度玉门关。

登 鹳(guàn) 雀楼

白日依山尽,
黄河入海流。
欲穷千里目,
更上一层楼。

贺知章(二首)

咏 柳

碧玉妆成一树高,
万条垂下绿丝绦(tāo)。
不知细叶谁裁出,
二月春风似剪刀。

- 丝绦:丝带。

[乙编]

回乡偶书

少小离家老大回,
乡音无改鬓毛衰(cuī)。
儿童相见不相识,
笑问客从何处来。

周作人、丰子恺
《儿童杂事诗图笺释》

王 湾

次北固山下

客路青山外,行舟绿水前。
潮平两岸阔,风正一帆悬。
海日生残夜,江春入旧年。
乡书何处达,归雁洛阳边。

王　翰(hàn)

凉 州 词

葡萄美酒夜光杯,
欲饮琵琶马上催。
醉卧沙场君莫笑,
古来征战几人回?

崔　颢(hào)

黄 鹤 楼

昔人已乘黄鹤去,
此地空余黄鹤楼。
黄鹤一去不复返,
白云千载空悠悠。
晴川历历汉阳树,

黄鹤楼

- 历历:清晰。

芳草萋萋鹦鹉洲。
日暮乡关何处是,
烟波江上使人愁。

- 萋萋:茂盛的样子。
- 乡关:故乡。

王昌龄(三首)

从军行

青海长云暗雪山,
孤城遥望玉门关。
黄沙百战穿金甲,
不破楼兰终不还。

- 穿:磨破。
- 楼兰:古代西域国名。

出 塞

秦时明月汉时关,
万里长征人未还。
但使龙城飞将在,
不教胡马度阴山。

- 但：只要。

芙蓉楼送辛渐

寒雨连江夜入吴,
平明送客楚山孤。
洛阳亲友如相问,
一片冰心在玉壶。

王　维（九首）

山居秋暝(míng)

空山新雨后，
天气晚来秋。
明月松间照，
清泉石上流。
竹喧归浣(huàn)女，
莲动下渔舟。
随意春芳歇，
王孙自可留。

竹里馆

独坐幽篁(yōuhuáng)里，
弹琴复长啸(xiào)。

王维像

● 浣：洗濯。

● 歇：凋零。

● 幽篁：幽深的竹林。

深林人不知,
明月来相照。

杂　诗

君自故乡来,
应知故乡事。
来日绮(qǐ)窗前,
寒梅著(zhuó)花未?

相　思

红豆生南国,
春来发几枝?
愿君多采撷(xié),
此物最相思。

《唐诗画谱·竹里馆》

【乙编】

- 撷:采摘。

使至塞上

单车欲问边,
属国过居延。
征蓬出汉塞(sài),
归雁入胡天。
大漠孤烟直,
长河落日圆。
萧关逢候骑,
都护在燕(yān)然。

- 候骑:骑马的侦察兵。
- 都护:镇守边境的官员。

鹿　柴

空山不见人,
但闻人语响。
返景入深林,
复照青苔(tái)上。

鸟鸣涧（jiàn）

人闲桂花落，
夜静春山空。
月出惊山鸟，
时鸣春涧中。

九月九日忆山东兄弟

独在异乡为异客，
每逢佳节倍思亲。
遥知兄弟登高处，
遍插茱萸（zhū yú）少一人。

- 茱萸：植物名。

送元二使安西

渭城朝雨浥(yì)轻尘,
客舍青青柳色新。
劝君更尽一杯酒,
西出阳关无故人。

- 浥:湿润。

- 故人:老朋友。

李白(十五首)

将进酒

君不见黄河之水天上来,
奔流到海不复回?
君不见高堂明镜悲白发,
朝如青丝暮成雪?
人生得意须尽欢,
莫使金樽(zūn)空对月。

《无双谱·李青莲》

- 樽:酒杯。

天生我材必有用，
千金散尽还复来。
烹(pēng)羊宰牛且为乐，
会须一饮三百杯。
岑(cén)夫子，丹丘生，
将进酒，杯莫停。
与君歌一曲，请君为我倾耳听。
钟鼓馔(zhuàn)玉不足贵，
但愿长醉不愿醒。
古来圣贤皆寂寞(jì mò)，
惟有饮者留其名。
陈王昔时宴平乐，
斗酒十千恣(zì)欢谑(xuè)。
主人何为言少钱？
径须沽取对君酌(jìng zhuó)。
五花裘(qiú)，千金裘，

李白像

呼儿将(jiāng)出换美酒,
与尔同销万古愁。

行路难

金樽清酒斗十千,
玉盘珍羞直万钱。
停杯投箸(zhù)不能食,
拔剑四顾心茫然。
欲渡黄河冰塞川,
将登太行雪满山。
闲来垂钓碧溪上,
忽复乘舟梦日边。
行路难,行路难!
多歧路,今安在?
长风破浪会有时,
直挂云帆济沧海。

- 珍羞:珍美的菜肴。
- 直:通"值"。
- 箸:竹筷。

古朗月行（节选）

小时不识月，呼作白玉盘。
又疑瑶(yáo)台镜，飞在青云端。
仙人垂两足，桂树何团团。
白兔捣药成，问言与谁餐？

静夜思

床前明月光，疑是地上霜。
举头望明月，低头思故乡。

秋浦歌

白发三千丈，缘(yuán)愁似个长。
不知明镜里，何处得秋霜？

- 缘：为了，因为。

【乙编】

赠汪伦

李白乘舟将欲行,
忽闻岸上踏歌声。
桃花潭水深千尺,
不及汪伦送我情!

闻王昌龄左迁龙标遥有此寄

杨花落尽子规啼,
闻道龙标过五溪。
我寄愁心与明月,
随风直到夜郎西。

- 子规:鸟名,就是杜鹃。

- 夜郎:地名。

黄鹤楼送孟浩然之广陵

故人西辞黄鹤楼,
烟花三月下扬州。
孤帆远影碧空尽,
惟见长江天际流。

送友人

青山横北郭,白水绕东城。
此地一为别,孤蓬万里征。
浮云游子意,落日故人情。
挥手自兹去,萧萧班马鸣。

《千家诗·送友人》

- 班马:离群的马。

[乙编]

宣州谢朓楼饯别校书叔云

弃我去者，昨日之日不可留；

乱我心者，今日之日多烦忧。

长风万里送秋雁，

对此可以酣高楼。

蓬莱文章建安骨，

中间小谢又清发。

俱怀逸兴壮思飞，

欲上青天揽明月。

抽刀断水水更流，

举杯消愁愁更愁。

人生在世不称意，

明朝散发弄扁舟。

● 小谢：指南北朝南齐诗人谢朓。

望庐山瀑布

日照香炉生紫烟,
遥看瀑布挂前川。
飞流直下三千尺,
疑是银河落九天。

● 香炉:庐山香炉峰。

沈周《庐山高图轴》

望天门山

天门中断楚江开,
碧水东流至此回。
两岸青山相对出,
孤帆一片日边来。

● 楚江:长江。

早发白帝城

zhāo
朝辞白帝彩云间,
千里江陵一日还。
两岸猿声啼不住,
轻舟已过万重山。

独坐敬亭山

众鸟高飞尽,
孤云独去闲。
相看两不厌,
只有敬亭山。

《千家诗·独坐敬亭山》

渡荆门送别

渡远荆门外，来从楚国游。
山随平野尽，江入大荒流。
月下飞天镜，云生结海楼。
仍怜故乡水，万里送行舟。

• 怜：爱。

高　适（二首）

适 shì

别董大

千里黄云白日曛，
北风吹雁雪纷纷。
莫愁前路无知己，
天下谁人不识君？

• 曛：昏暗。

塞上听吹笛

霜净胡天牧马还,

月明羌(qiāng)笛戍(shù)楼间。

借问梅花何处落,

风吹一夜满关山。

常　建

题破山寺后禅院

清晨入古寺,初日照高林。

竹径通幽处,禅房花木深。

山光悦鸟性,潭影空人心。

万籁(lài)此俱寂,但余钟磬(qìng)音。

米芾书《常少府题破山寺诗》拓片

● 禅房:僧侣的住房。

刘方平

夜 月

更(gēng)深月色半人家,
北斗阑(lán)干南斗斜。
今夜偏知春气暖,
虫声新透绿窗纱。

• 阑干:这里指北斗星横斜的样子。

岑(cén)参

白雪歌送武判官归京

北风卷地白草折,
胡天八月即飞雪。
忽如一夜春风来,
千树万树梨花开。
散入珠帘湿罗幕,

狐^{qiú}裘不暖锦衾^{qīn}薄。

将军角弓不得控，

都^{dū}护铁衣冷难著^{zhuó}。

瀚^{hàn}海阑干百丈冰，

愁云惨淡万里凝。

中军置酒饮归客，

胡琴琵琶与羌笛。

纷纷暮雪下辕^{yuán}门，

风掣^{chè}红旗冻不翻。

轮台东门送君去，

去时雪满天山路。

山回路转不见君，

雪上空留马行处。

- 瀚海：沙漠。
- 阑干：这里是纵横的意思。

杜 甫（十五首）

绝 句

迟日江山丽，
春风花草香。
泥融飞燕子，
沙暖睡鸳鸯。

《唐诗画谱·绝句》

望 岳

岱(dài)宗夫(fú)如何？
齐鲁青未了。
造化钟神秀，
阴阳割昏晓。
荡胸生层云，
决眦(zì)入归鸟。

【乙编】

- 岱宗：泰山的尊称。
- 钟：聚集、赋予。

泰山南天门

- 决眦：睁大眼睛。

会当凌绝顶,
一览众山小。

前出塞

- 会当：应当。

挽弓当挽强，用箭当用长。
射人先射马，擒贼先擒王。
杀人亦有限，列国自有疆。
苟(gǒu)能制侵陵，岂在多杀伤！

- 苟：假如。

春望

国破山河在，城春草木深。
感时花溅泪，恨别鸟惊心。
烽火连三月，家书抵万金。
白头搔(sāo)更短，浑欲不胜簪(zān)。

- 浑：简直。

蜀　相

丞相祠堂何处寻？
锦官城外柏森森。
映阶碧草自春色，
隔叶黄鹂空好音。
三顾频烦天下计，
两朝开济老臣心。
出师未捷身先死，
长使英雄泪满襟。

• 丞相：也作"蜀相"，指诸葛亮。

杜甫像

春夜喜雨

好雨知时节，当春乃发生。
随风潜入夜，润物细无声。
野径云俱黑，江船火独明。
晓看红湿处，花重锦官城。

• 乃：就。

茅屋为秋风所破歌

八月秋高风怒号(háo),
卷我屋上三重茅。
茅飞渡江洒江郊,
高者挂罥(juàn)长林梢,
下者飘转沉塘坳(ào)。
南村群童欺我老无力,
忍能对面为盗贼。
公然抱茅入竹去,
唇焦口燥呼不得,
归来倚杖自叹息。
俄顷风定云墨色,
秋天漠漠向昏黑。
布衾(qīn)多年冷似铁,
娇儿恶卧踏里裂。

- 罥:缠绕。

《杜工部集》书影

- 向:将近。

- 衾:被子。

- 恶卧:睡相不好。

床头屋漏无干处，

雨脚如麻未断绝。

自经丧乱少睡眠，

长夜沾湿何由彻！

安得广厦千万间，

大庇(bì)天下寒士俱欢颜，

风雨不动安如山！

呜呼！何时眼前突兀见(xiàn)此屋，

吾庐独破受冻死亦足！

- 何由彻：怎么挨到天亮。

- 庇：庇护。

闻官军收河南河北

剑外忽传收蓟(jì)北，

初闻涕泪满衣裳。

却看妻子愁何在，

漫卷诗书喜欲狂。

白日放歌须纵酒，

青春作伴好还乡。

即从巴峡穿巫(wū)峡，

便下襄(xiāng)阳向洛阳。

旅夜书怀

细草微风岸，

危樯(qiáng)独夜舟。

星垂平野阔，

月涌大江流。

名岂文章著，

官应老病休。

飘飘何所似？

天地一沙鸥。

- 危：高。

登 高

风急天高猿啸哀,
渚(zhǔ)清沙白鸟飞回。
无边落木萧萧下,
不尽长江滚滚来。
万里悲秋常作客,
百年多病独登台。
艰难苦恨繁霜鬓(bìn),
潦倒新停浊(zhuó)酒杯。

江南逢李龟年

岐(qí)王宅里寻常见,
崔九堂前几度闻。

正是江南好风景，
落花时节又逢君。

- 落花时节：春末。

绝　句

两个黄鹂鸣翠柳，
一行白鹭上青天。
窗含西岭千秋雪，
门泊东吴万里船。

赠花卿

锦城丝管日纷纷，
半入江风半入云。
此曲只应天上有，
人间能得几回闻？

江畔独步寻花

黄师塔前江水东，
春光懒困倚微风。
桃花一簇(cù)开无主，
可爱深红爱浅红？

《唐诗画谱·江畔独步寻花》

戏为六绝句

王杨卢骆当时体，
轻薄为文哂(shěn)未休。
尔曹身与名俱灭，
不废江河万古流。

- 哂：讥笑。

- 尔曹：你们这些人。

【乙编】

刘长卿

逢雪宿芙蓉山主人

日暮苍山远，
天寒白屋贫。
柴门闻犬吠（fèi），
风雪夜归人。

- 白屋：用茅草覆盖的屋。

《唐诗画谱·逢雪宿芙蓉山主人》

张继

枫桥夜泊（bó）

月落乌啼霜满天，
江枫渔火对愁眠。
姑苏城外寒山寺，
夜半钟声到客船。

韩　翃(hóng)

寒　食

春城无处不飞花，
寒食东风御柳斜。
日暮汉宫传蜡烛，
轻烟散入五侯家。

韦应物

滁(chú)州西涧(jiàn)

独怜幽草涧边生，
上有黄鹂深树鸣。
春潮带雨晚来急，
野渡无人舟自横。

《千家诗·滁州西涧》

卢　纶（lún）（二首）

塞下曲

林暗草惊风，
将军夜引弓。
平明寻白羽，
没(mò)在石棱(léng)中。

• 白羽：箭。

塞下曲

月黑雁飞高，
单于(chán yú)夜遁(dùn)逃。
欲将轻骑逐，
大雪满弓刀。

胡令能

小儿垂钓

蓬头稚子学垂纶(lún)，
侧坐莓苔草映身。
路人借问遥招手，
怕得鱼惊不应人。

【乙编】

孟　郊

游子吟

慈母手中线，
游子身上衣。
临行密密缝，
意恐迟迟归。
谁言寸草心，
报得三春晖？

李 贺（三首）

李凭箜(kōng)篌(hóu)引

吴丝蜀桐张高秋，

空山凝云颓(tuí)不流。

江娥啼竹素女愁，

李凭中国弹箜篌。

昆山玉碎凤凰叫，

芙蓉泣露香兰笑。

十二门前融冷光，

二十三丝动紫皇。

女娲(wā)炼石补天处，

石破天惊逗秋雨。

梦入神山教神妪(yù)，

老鱼跳波瘦蛟舞。

吴质不眠倚桂树，

露脚斜飞湿寒兔。

- 箜篌：古拨弦乐器。
- 高秋：暮秋。

李贺像

雁门太守行

黑云压城城欲摧，
甲光向日金鳞开。
角声满天秋色里，
塞上燕脂凝夜紫。
半卷红旗临易水，
霜重鼓寒声不起。
报君黄金台上意，
提携^{xié}玉龙为君死。

- 玉龙：剑名。

南　园

男儿何不带吴钩，
收取关山五十州。
请君暂上凌烟阁，
若个书生万户侯。

- 吴钩：刀名。

- 若个：哪几个。

柳宗元

江　雪

千山鸟飞绝，万径(jìng)人踪灭。

孤舟蓑(suō)笠(lì)翁，独钓寒江雪。

柳宗元像

韩　愈（二首）

听颖(yǐng)师弹琴

昵(nì)昵儿女语，恩怨相尔汝。

划然变轩(xuān)昂，勇士赴敌场。

浮云柳絮(xù)无根蒂，

天地阔远随飞扬。

喧啾(jiū)百鸟群，忽见孤凤凰。

跻攀分寸不可上,

失势一落千丈强。

嗟余有两耳,未省听丝篁。

自闻颖师弹,起坐在一旁。

推手遽止之,湿衣泪滂滂。

颖乎尔诚能,无以冰炭置我肠!

左迁至蓝关示侄孙湘

一封朝奏九重天,

夕贬潮州路八千。

欲为圣明除弊事,

肯将衰朽惜残年。

云横秦岭家何在?

雪拥蓝关马不前。

知汝远来应有意,

好收吾骨瘴江边。

韩愈像

李　益

江南曲

嫁得瞿塘贾,

朝(zhāo)朝误妾期。

早知潮有信,

嫁与弄潮儿。

元　稹(zhěn)（二首）

离　思

曾经沧海难为水,

除却巫山不是云。

取次花丛懒回顾,

半缘(yuán)修道半缘君。

● 取次：任意，随便。

闻乐天授江州司马

残灯无焰影幢幢(yàn chuáng),
此夕闻君谪(zhé)九江。
垂死病中惊坐起,
暗风吹雨入寒窗。

• 谪:降职。

【乙编】

刘禹锡(七首)

竹枝词

杨柳青青江水平,
闻郎江上唱歌声。
东边日出西边雨,
道是无晴却有晴。

浪淘沙

九曲黄河万里沙,
浪淘风簸(bǒ)自天涯。
如今直上银河去,
同到牵牛织女家。

望洞庭

湖光秋月两相和,
潭面无风镜未磨。
遥望洞庭山水翠,
白银盘里一青螺。

秋　词

自古逢秋悲寂寥(jì liáo)，
我言秋日胜春朝(zhāo)。
晴空一鹤排云上，
便引诗情到碧霄。

石头城

山围故国周遭在，
潮打空城寂寞回。
淮水东边旧时月，
夜深还过女墙来。

- 淮水：指秦淮河。
- 女墙：城墙上凹凸形的矮墙。

石头城旧影

乌衣巷

朱雀桥边野草花，
乌衣巷口夕阳斜。
旧时王谢堂前燕，
飞入寻常百姓家。

● 王谢：指东晋时王、谢两大世族。

酬乐天扬州初逢席上见赠

巴山楚水凄凉地，
二十三年弃置身。
怀旧空吟闻笛赋，
到乡翻似烂柯人。
沉舟侧畔(pàn)千帆过，
病树前头万木春。
今日听君歌一曲，
暂凭杯酒长精神。

贾 岛(二首)

寻隐者不遇

松下问童子,
言师采药去。
只在此山中,
云深不知处。

《千家诗·寻隐者不遇》

题李凝幽居

闲居少邻并,
草径入荒园。
鸟宿池边树,
僧敲月下门。
过桥分野色,
移石动云根。
暂去还来此,
幽期不负言。

[乙编]

李 绅（二首）
shēn

悯 农

春种一粒粟，
秋收万颗子。
四海无闲田，
农夫犹饿死！

锄禾日当午，
汗滴禾下土。
谁知盘中餐，
粒粒皆辛苦。

《农政全书·翻车》

白居易（六首）

赋得古原草送别

离离原上草，一岁一枯荣。
野火烧不尽，春风吹又生。
远芳侵古道，晴翠接荒城。
又送王孙去，萋萋满别情。

卖炭翁

卖炭翁，伐薪烧炭南山中。
满面尘灰烟火色，
两鬓苍苍十指黑。
卖炭得钱何所营？
身上衣裳口中食。
可怜身上衣正单，

白居易像

心忧炭贱愿天寒。

夜来城外一尺雪,

晓驾炭车碾(niǎn)冰辙(zhé)。

牛困人饥日已高,

市南门外泥中歇。

翩(piān)翩两骑来是谁?

黄衣使者白衫儿。

手把文书口称敕(chì),

回车叱(chì)牛牵向北。

一车炭,千余斤,

宫使驱将惜不得。

半匹红绡(xiāo)一丈绫,

系(jì)向牛头充炭值。

- 敕:皇帝的命令。

观刈(yì)麦

田家少闲月,五月人倍忙。
夜来南风起,小麦覆陇黄。
妇姑荷箪(hè dān)食,童稚携壶浆,
相随饷(xiǎng)田去,丁壮在南冈。
足蒸暑土气,背灼(zhuó)炎天光,
力尽不知热,但惜夏日长。
复有贫妇人,抱子在其旁。
右手秉(bǐng)遗穗,左臂悬敝筐。
听其相顾言,闻者为悲伤。
家田输税尽,拾此充饥肠。
今我何功德,曾不事农桑。
吏禄三百石,岁晏(yàn)有余粮。
念此私自愧,尽日不能忘。

- 刈:割。

- 秉:执持。
- 遗穗:散落在地上的麦穗。

- 岁晏:岁末。

[乙编]

问刘十九

绿蚁新醅(pēi)酒,
红泥小火炉。
晚来天欲雪,
能饮一杯无?

钱塘湖春行

孤山寺北贾亭西,
水面初平云脚低。
几处早莺争暖树,
谁家新燕啄春泥。
乱花渐欲迷人眼,
浅草才能没(mò)马蹄。
最爱湖东行不足,
绿杨阴里白沙堤。

- 暖树:向阳的树。

钱塘旧影

- 行不足:逛不够。

大林寺桃花

人间四月芳菲尽，
山寺桃花始盛开。
长恨春归无觅(mì)处，
不知转入此中来。

崔护

题都城南庄

去年今日此门中，
人面桃花相映红。
人面不知何处去，
桃花依旧笑春风。

杜 牧（七首）

过华清宫

长安回望绣成堆，
山顶千门次第开。
一骑红尘妃子笑，
无人知是荔枝来。

- 次第：一个接一个。
- 妃子：指杨贵妃。

江南春

千里莺啼绿映红，
水村山郭酒旗风。
南朝四百八十寺，
多少楼台烟雨中。

杜牧像

赤 壁

折戟沉沙铁未销,
自将磨洗认前朝。
东风不与周郎便,
铜雀春深锁二乔。

- 周郎：周瑜。
- 二乔：孙策之妻大乔和周瑜之妻小乔。

泊秦淮

烟笼寒水月笼沙,
夜泊秦淮近酒家。
商女不知亡国恨,
隔江犹唱后庭花。

- 商女：卖唱的歌女。

秦淮河旧影

山　行

远上寒山石径斜,
白云生处有人家。
停车坐爱枫林晚,
霜叶红于二月花。

- 坐:因。

秋　夕

银烛秋光冷画屏,
轻罗小扇扑流萤。(yíng)
天阶夜色凉如水,
卧看牵牛织女星。

杜牧《张好好诗》
墨迹(局部)

清　明

清明时节雨纷纷，

路上行人欲断魂。

借问酒家何处有？

牧童遥指杏花村。

温庭筠(yún)

商山早行

晨起动征铎(duó)，

客行悲故乡。

鸡声茅店月，

人迹板桥霜。

槲(hú)叶落山路，

枳(zhǐ)花明驿(yì)墙。

因思杜陵梦，

凫(fú)雁满回塘。

- 征铎：车上的铃。

- 杜陵：地名，在长安城南。

李商隐（三首）

夜雨寄北

君问归期未有期，
巴山夜雨涨秋池。
何当共剪西窗烛，
却话巴山夜雨时。

李商隐像

无 题

相见时难别亦难，
东风无力百花残。
春蚕到死丝方尽，
蜡炬成灰泪始干。
晓镜但愁云鬓改，
夜吟应觉月光寒。
蓬山此去无多路，
青鸟殷勤为探看（kān）。

乐游原

向晚意不适,
驱车登古原。
夕阳无限好,
只是近黄昏。

• 向：近。

聂夷中

咏田家

二月卖新丝,
五月粜(tiáo)新谷。
医得眼前疮,
剜(wān)却心头肉。
我愿君王心,
化作光明烛。
不照绮(qǐ)罗筵(yán),
只照逃亡屋。

《耕织图》

[乙编]

王驾

社 日

鹅湖山下稻粱肥,
豚(tún)栅(zhà)鸡栖(qī)半掩扉(fēi)。
桑柘(zhè)影斜春社散,
家家扶得醉人归。

林逋(bū)

梅 花

众芳摇落独暄妍(xuānyán),
占尽风情向小园。
疏影横斜水清浅,
暗香浮动月黄昏。
霜禽欲下先偷眼,
粉蝶如知合断魂。
幸有微吟可相狎(xiá),
不须檀(tán)板共金樽。

- 暄妍:明媚鲜丽。

- 檀板:也叫"柏板",演奏时打拍子用。
- 金樽:古代酒器,青铜制成。

张俞

蚕妇

昨日入城市，
归来泪满巾。
遍身罗绮(qǐ)者，
不是养蚕人。

王安石（四首）

元日

爆竹声中一岁除，
春风送暖入屠苏。
千门万户曈(tóng)曈日，
总把新桃换旧符。

- 屠苏：古代的一种酒。
- 曈曈：形容日出时的景象。

梅　花

墙角数枝梅，
凌寒独自开。
遥知不是雪，
为(wèi)有暗香来。

- 为：因。

泊船瓜洲

京口瓜洲一水间，
钟山只隔数重(chóng)山。
春风又绿江南岸，
明月何时照我还。

王安石像

登飞来峰

飞来山上千寻塔，
闻说鸡鸣见日升。
不畏浮云遮望眼，
自缘身在最高层。

苏　轼（四首）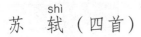

六月二十七日望湖楼醉书

黑云翻墨未遮山，
白雨跳珠乱入船。
卷地风来忽吹散，
望湖楼下水如天。

苏轼像

【乙编】

饮湖上初晴后雨

水光潋(liànyàn)滟晴方好,
山色空蒙雨亦奇。
欲把西湖比西子,
淡妆浓抹总相宜。

● 潋滟:形容水波流动。

《咏西湖十景·平湖秋月》

题西林壁

横看成岭侧成峰,
远近高低各不同。
不识庐山真面目,
只缘身在此山中。

惠崇春江晚景

竹外桃花三两枝,
春江水暖鸭先知。
蒌蒿满地芦芽短,
正是河豚欲上时。

李清照

夏日绝句

生当作人杰,
死亦为鬼雄。
至今思项羽,
不肯过江东。

杨万里（二首）

小　池

泉眼无声惜细流，
树阴照水爱晴柔。
小荷才露尖尖角，
早有蜻蜓立上头。

杨万里像

晓出净慈寺送林子方

毕竟西湖六月中，
风光不与四时同。
接天莲叶无穷碧，
映日荷花别样红。

陆　游（七首）

游山西村

莫笑农家腊酒浑，
丰年留客足鸡豚(tún)。
山重水复疑无路，
柳暗花明又一村。
箫鼓追随春社近，
衣冠简朴古风存。
从今若许闲乘月，
拄(zhǔ)杖无时夜叩门。

剑门道中遇微雨

衣上征尘杂酒痕，
远游无处不销魂。
此身合是诗人未？
细雨骑驴入剑门。

陆游像

- 合：应该。

书　愤

早岁那(nǎ)知世事艰,
中原北望气如山。
楼船夜雪瓜洲渡,
铁马秋风大散关。
塞上长城空自许,
镜中衰鬓已先斑。
出师一表真名世,
千载谁堪伯仲间!

冬夜读书示子聿(yù)（选一）

古人学问无遗力,
少壮工夫老始成。
纸上得来终觉浅,
绝知此事要躬(gōng)行。

- 躬：亲自。

秋夜将晓出篱门迎凉有感

三万里河东入海，

五千仞(rèn)岳上摩天。

遗民泪尽胡尘里，

南望王师又一年。

● 遗民：指金人统治下的宋朝百姓。

十一月四日风雨大作

僵卧孤村不自哀，

尚思为国戍(shù)轮台。

夜阑(lán)卧听风吹雨，

铁马冰河入梦来。

● 轮台：汉代西域地名，这里指边疆。

● 夜阑：夜深。

示 儿

死去元知万事空,
但悲不见九州同。
王师北定中原日,
家祭无忘告乃翁。

• 乃翁:你父亲。

范成大

四时田园杂兴(选一)

昼出耘田夜绩麻,
村庄儿女各当家。
童孙未解供耕织,
也傍桑阴学种瓜。

范成大像

朱 熹（二首）

观书有感

半亩方塘一鉴开，
天光云影共徘徊。
问渠哪得清如许，
为有源头活水来。

- 鉴：镜子。

- 渠：它，指方塘之水。

春 日

胜日寻芳泗水滨，
无边光景一时新。
等闲识得东风面，
万紫千红总是春。

- 等闲：寻常，随便。

【乙编】

林 升

题临安邸

山外青山楼外楼，
西湖歌舞几时休？
暖风熏(xūn)得游人醉，
直把杭州作汴(biàn)州！

• 邸：客栈。

《咏西湖十景·柳浪闻莺》

叶绍翁

游园不值

应怜屐(jī)齿印苍苔，
小扣柴扉久不开。
春色满园关不住，
一枝红杏出墙来。

• 不值：没遇到主人。

• 屐：鞋。

翁　卷

乡村四月

绿遍山原白满川，
子规声里雨如烟。
乡村四月闲人少，
才了蚕桑又插田。
（了 liǎo）

- 了：结束。

释志南

- 释：僧人。

绝　句

古木阴中系短篷，
杖藜扶我过桥东。
（系 jì）
沾衣欲湿杏花雨，
吹面不寒杨柳风。

【乙编】

徐俯

春游湖

双飞燕子几时回,
夹岸桃花蘸(zhàn)水开。
春雨断桥人不度,
小舟撑出柳阴来。

- 断桥：把桥淹没了。

赵师秀

约客

黄梅时节家家雨,
青草池塘处处蛙。
有约不来过夜半,
闲敲棋子落灯花。

王 冕(miǎn)

墨 梅

我家洗砚池头树，
朵朵花开澹(dàn)墨痕。
不要人夸颜色好，
只留清气满乾坤(qiánkūn)。

- 澹：通"淡"。

- 乾坤：天地。

文天祥

过零丁洋

辛苦遭逢起一经，
干戈寥落(gān gē liáoluò)四周星。
山河破碎风飘絮，
身世浮沉雨打萍。
惶恐滩头说惶恐，
零丁洋里叹零丁。
人生自古谁无死，
留取丹心照汗青。

文天祥像

- 汗青：指史册。

于　谦

石灰吟

千锤万凿(záo)出深山，

烈火焚(fén)烧若等闲。

粉身碎骨浑不怕，

要留清白在人间。

顾炎武

精　卫

万事有不平，尔何空自苦？

长将一寸身，衔(xián)木到终古。

我愿平东海，身沈心不改。

大海无平期，我心无绝时。

呜呼！

君不见西山衔木众鸟多，

鹊来燕去自成窠(kē)。

- 尔：你，指精卫。

- 沈：通"沉"。

顾炎武像

夏完淳(chún)

别云间

三年羁(jī)旅客,今日又南冠(guān)。
无限河山泪,谁言天地宽!
已知泉路近,欲别故乡难。
毅魄归来日,灵旗空际看。

- 云间:今上海松江,是诗人家乡。
- 三年:诗人曾参加三年抗清斗争。
- 南冠:指囚徒。
- 灵旗:战旗。

郑燮(xiè)

竹 石

咬定青山不放松,
立根原在破岩中。
千磨万击还坚劲,
任尔东西南北风。

郑燮像

【乙编】

赵　翼(yì)

论　诗

李杜诗篇万口传，
至今已觉不新鲜。
江山代有才人出，
各领风骚数百年。

- 风骚：《诗经》和《楚辞》的并称，指文学素养或文采。

龚自珍（二首）

己亥杂诗

浩荡离愁白日斜，
吟鞭东指即天涯。
落红不是无情物，
化作春泥更护花。

- 落红：落花。

己亥杂诗

九州生气恃(shì)风雷，
万马齐喑(yīn)究可哀。
我劝天公重抖擞，
不拘一格降人才。

- 恃：依靠。
- 喑：缄默，不作声。

龚自珍像

查(zhā)慎行

舟夜书所见

月黑见渔灯，
孤光一点萤(yíng)。
微微风簇(cù)浪，
散作满河星。

【乙编】

【丙编】

词本来是配乐的歌词，供演唱用的。"渔歌子""菩萨蛮""水调歌头"等叫词牌，就是乐谱的名称。后来词逐渐脱离了音乐而成为一种独立的文学体裁，填词的人就按照某一词牌规定的格式（包括字数、平仄、押韵等方面的要求）填词。

词的诵读有不同于诗的地方。

一是词的篇幅长短不一，短的如《忆江南》仅27个字，长的超过100个字（《望海潮》），有的词牌还分上下阕（què），诵读时要注意处理好间歇停顿。

二是词的句式变化多，不像诗比较整齐，词有长有短（所以词也叫"长短句"），如李煜《相见欢》上阕三句就有三言、六言、九言三种句式，诵读时要注意把握句子内部的节奏。

三是押韵情况比较复杂，有的一韵到底（《浣溪沙》），有的中途换韵（《菩萨蛮》一共八句，就换了三次韵），还有的押仄（zè）声韵，保留着不少古代入声字的韵脚（柳永《雨霖铃》），现在用普通话朗读就不容易体会出原有的音韵美。

诵读词，可以把同一词牌的词放在一起读，也可以把不同词牌的词对照着读，读出长短句交替出现、抑扬缓急、错综结合的节律感来。

张志和

渔歌子

西塞山前白鹭飞，桃花流水鳜(guì)鱼肥。青箬(ruò)笠(lì)，绿蓑(suō)衣，斜风细雨不须归。

白居易

忆江南

江南好，风景旧曾谙(ān)。日出江花红胜火，春来江水绿如蓝。能不忆江南？

- 谙：熟记，熟悉。

【丙编】

温庭筠

望江南

梳洗罢，独倚(yǐ)望江楼。过尽千帆皆不是，斜晖脉脉(mò)水悠悠。肠断白蘋洲。

李　煜(yù)（三首）

浪淘沙

帘外雨潺潺(chán)，春意阑(lán)珊(shān)。罗衾(gēng)不耐五更寒。梦里不知身是客，一晌(shǎng)贪欢。

独自莫凭栏，无限江山。别时容易见时难。流水落花春去也，天上人间。

- 阑珊：衰落，将尽。
- 罗衾：丝织的被子。

李煜像

虞(yú)美人

　　春花秋月何时了，往事知多少？小楼昨夜又东风，故国不堪(kān)回首月明中。

　　雕(diāo)栏玉砌应犹在，只是朱颜改。问君能有几多愁？恰似一江春水向东流。

• 朱颜：美好的面容。

相见欢

　　无言独上西楼，月如钩。寂寞梧桐深院锁清秋。

　　剪不断，理还乱，是离愁。别是一般滋味在心头。

范仲淹（二首）

苏幕遮

碧云天，黄叶地，秋色连波，波上寒烟翠。山映斜阳天接水，芳草无情，更在斜阳外。

黯(àn)乡魂，追旅思，夜夜除非，好梦留人睡。明月楼高休独倚(yǐ)，酒入愁肠，化作相思泪。

- 黄叶：落叶。
- 黯：凄伤。
- 旅思：旅途中的愁苦。

渔家傲

塞(sài)下秋来风景异，衡阳雁去无留意。四面边声连角起，千嶂(zhàng)里，长烟落日孤城闭。

浊酒一杯家万里，燕(yān)然未勒(lè)归无计。羌(qiāng)管悠悠霜满地，人不寐(mèi)，将军白发征夫泪！

- 燕然未勒：燕然，山名；勒，刻。东汉窦宪击败匈奴，在燕然山刻石记功。
- 羌管：羌笛。

晏殊

浣溪沙

一曲新词酒一杯，去年天气旧亭台，夕阳西下几时回？

无可奈何花落去，似曾相识燕归来。小园香径独徘徊。

- 香径：花间小路。

张先

玉楼春

龙头舴艋吴儿竞，笋柱秋千游女并。芳洲拾翠暮忘归，秀野踏青来不定。

行云去后遥山暝，已放笙歌池院静。中庭月色正清明，无数杨花过无影。

- 舴艋：小船。

【丙编】

柳　永（二首）

雨霖(lín)铃

　　寒蝉(chán)凄切，对长亭晚，骤(zhòu)雨初歇。都(dū)门帐饮无绪，留恋处、兰舟催发。执手相看泪眼，竟无语凝噎(níng yē)。念去去、千里烟波，暮霭沉沉楚天阔。

　　多情自古伤离别，更那堪冷落清秋节。今宵酒醒何处？杨柳岸、晓风残月。此去经年，应是良辰好景虚设。便纵有千种风情，更与何人说？

- 都门帐饮：在京城门外设帐饯别。

- 经年：一年。

《诗余画谱·雨霖铃》

望海潮

东南形胜，三吴都(dū)会，钱塘自古繁华。烟柳画桥，风帘翠幕，参差(cēn cī)十万人家。云树绕堤沙，怒涛卷霜雪，天堑(qiàn)无涯。市列珠玑(zhū jī)，户盈(yíng)罗绮(qǐ)，竞豪奢(shē)。

重(chóng)湖叠巘(yǎn)清嘉，有三秋桂子，十里荷花。羌管弄晴，菱歌泛夜，嬉嬉(xī)钓叟(diào sǒu)莲娃。千骑拥高牙，乘(chéng)醉听箫鼓，吟赏烟霞。异日图将好景，归去凤池夸。

- 形胜：地理条件特别好的地方。
- 都会：大城市。
- 天堑：险要的江河。
- 三秋：阴历九月。
- 高牙：居高位者的仪仗。

苏 轼（四首）

江城子

密州出猎

老夫聊发少年狂，左牵黄，右擎苍。锦帽貂裘，千骑卷平冈。为报倾城随太守，亲射虎，看孙郎。

酒酣胸胆尚开张，鬓微霜，又何妨！持节云中，何日遣冯唐？会挽雕弓如满月，西北望，射天狼。

- 聊：姑且。

- 黄：黄犬。
- 苍：苍鹰。

- 孙郎：三国东吴孙权。

- 节：古代使者所持以作凭证。云中，古郡名。
- 冯唐：西汉人。
- 天狼：星名，喻入侵的异族。

水调歌头

丙辰中秋,欢饮达旦,大醉,作此篇,兼怀子由。

明月几时有?把酒问青天。不知天上宫阙(què),今夕是何年。我欲乘风归去,又恐琼(qióng)楼玉宇,高处不胜寒。起舞弄清影,何似在人间!

转朱阁,低绮(qǐ)户,照无眠。不应有恨,何事长向别时圆?人有悲欢离合,月有阴晴圆缺,此事古难全。但愿人长久,千里共婵娟(chánjuān)。

- 子由:作者的弟弟苏辙,字子由。

《诗余画谱·水调歌头》

- 无眠:不能安眠的人。

- 婵娟:即嫦娥,词中借指月光。

【丙编】

浣溪沙

山下兰芽短浸溪，松间沙路净无泥，萧萧暮雨子规啼。

谁道人生无再少(shào)？门前流水尚能西！休将白发唱黄鸡。

念奴娇

赤壁怀古

大江东去，浪淘尽、千古风流人物。故垒西边，人道是、三国周郎赤壁。乱石穿空，惊涛拍岸，卷起千堆雪。江山如画，一时多少豪杰！

遥想公瑾当年，小乔初嫁了(liǎo)，雄姿英发。羽扇纶(guān)巾，

《诗余画谱·念奴娇》

- 公瑾：周瑜字。
- 小乔：周瑜妻。
- 英发：英姿勃发。

谈笑间、樯橹灰飞烟灭。故国神游,多情应笑我,早生华发。人间如梦,一樽还酹(lèi)江月。

- 樯橹:指曹操水军。
- 多情应笑我:应笑我多情。
- 酹:古人祭奠,把酒洒在地上。

贺　铸

青玉案

凌波不过横塘路,但目送、芳尘去。锦瑟华年谁与度?月台花榭(xiè),琐窗朱户,只有春知处。

碧云冉冉蘅(rǎn)皋(héng gāo)暮,彩笔新题断肠句。试问闲愁都几许?一川烟草,满城风絮,梅子黄时雨。

- 凌波:形容女子步履轻盈。
- 琐窗:雕花的窗。
- 冉冉:慢慢地。
- 蘅:一种香草。
- 皋:水边的高地。

横塘驿亭

【丙编】

岳 飞

满江红

怒发冲冠(guān)，凭栏处，潇潇雨歇。抬望眼，仰天长啸(xiào)，壮怀激烈。三十功名尘与土，八千里路云和月。莫等闲，白了少年头，空悲切。

靖(jìng)康耻，犹未雪(xuě)；臣子恨，何时灭？驾长车踏破、贺兰山缺。壮志饥餐胡虏(lǔ)肉，笑谈渴饮匈奴血。待从头、收拾旧山河，朝天阙(què)。

岳飞像

- 靖康：宋钦宗赵桓年号。
- 雪：洗掉。

- 天阙：这里指朝廷。

李清照（四首）

如梦令

昨夜雨疏风骤(zhòu)，浓睡不消残酒。试问卷帘人，却道海棠依旧。知否？知否？应是绿肥红瘦。

- 风骤：风刮得很紧。
- 浓睡：深沉的睡眠。

醉花阴

薄雾浓云愁永昼，瑞脑销金兽。佳节又重阳，玉枕纱厨，半夜凉初透。

东篱把酒黄昏后，有暗香盈袖。莫道不销魂，帘卷西风，人比黄花瘦。

- 瑞脑：一种香料。
- 金兽：刻着兽形的铜香炉。
- 暗香：指菊花（黄花）的幽香。

武陵春

风住尘香花已尽，日晚倦梳头。物是人非事事休，欲语泪先流。

闻说双溪春尚好，也拟泛轻舟。只恐双溪舴zé měng艋舟，载不动许多愁。

- 拟：打算。
- 舴艋：小船。

渔家傲

天接云涛连晓雾，星河欲转千帆舞。仿佛梦魂归帝所，闻天语，殷勤问我归何处。

我报路长嗟jiē日暮，学诗谩màn有惊人句。九万里风鹏正举，风休住，蓬舟吹取三山去。

- 帝所：天帝居住的宫殿。

- 谩：徒然。
- 蓬舟：像蓬草一样又小又轻的船。
- 三山：传说渤海之中的三座仙山——蓬莱、方丈、瀛洲。

陆　游（二首）

诉衷情

当年万里觅(mì)封侯，匹马戍(shù)梁州。关河梦断何处，尘暗旧貂裘(diāo qiú)。

胡未灭，鬓(bìn)先秋，泪空流。此生谁料，心在天山，身老沧州。

● 鬓先秋：两鬓早已斑白。

卜算子

咏　梅

驿(yì)外断桥边，寂寞开无主。已是黄昏独自愁，更着(zhuó)风和雨。

无意苦争春，一任群芳妒(dù)。零落成泥碾(niǎn)作尘，只有香如故。

● 驿：古代大路边的交通站。

【丙编】

辛弃疾（六首）

菩萨蛮

书江西造口壁

郁(yù)孤台下清江水，中间多少行人泪。西北望长安，可怜无数山。

青山遮不住，毕竟东流去。江晚正愁余，山深闻鹧鸪(zhè gū)。

- 郁孤台：在今江西赣州。

- 愁余：使我愁苦。

清平乐

村　居

茅檐低小，溪上青青草。醉里吴音相媚好，白发谁家翁媪(ǎo)。

大儿锄豆溪东，中儿正织鸡笼，最喜小儿亡(wú)赖，溪头卧剥莲蓬。

- 吴音：吴地的语音。

- 亡：通"无"。

破阵子

为陈同甫赋壮词以寄之

醉里挑灯看剑,梦回吹角连营。八百里分麾(huī)下炙(zhì),五十弦翻塞(sài)外声。沙场秋点兵。

马作的(dì)卢飞快,弓如霹雳(pī lì)弦惊。了(liǎo)却君王天下事,赢得生前身后名。可怜白发生!

- 陈同甫:名亮,辛弃疾好友。
- 梦回:梦醒。
- 麾下:部下。
- 炙:烤熟的肉。
- 的卢:烈马名。

西江月

夜行黄沙道中

明月别枝惊鹊,清风半夜鸣蝉。稻花香里说丰年,听取

- 别枝:斜出的树枝。

蛙声一片。

七八个星天外，两三点雨山前。旧时茅店社林边，路转溪桥忽见(xiàn)。

- 社林：土地庙边的树林。

鹧鸪天

陌上柔桑破嫩芽，东邻蚕种已生些。平冈细草鸣黄犊(dú)，斜日寒林点暮鸦。

山远近，路横斜，青旗沽酒有人家。城中桃李愁风雨，春在溪头荠(jì)菜花。

- 陌：田间小路。

永遇乐

京口北固亭怀古

千古江山,英雄无觅(mì),孙仲谋处。舞榭(xiè)歌台,风流总被,雨打风吹去。斜阳草树,寻常巷陌(mò),人道寄奴曾(céng)住。想当年,金戈(gē)铁马,气吞万里如虎。

元嘉草草,封狼居胥(xū),赢得仓皇北顾。四十三年,望中犹记,烽火扬州路。可堪回首,佛狸(bì lí)祠下,一片神鸦社鼓。凭谁问:廉颇老矣,尚能饭否?

- 京口:今江苏镇江。
- 寄奴:南朝宋武帝刘裕的小名。
- 元嘉:南朝宋文帝刘义隆的年号。
- 封:封山,筑土为坛以祭山神,纪念胜利。
- 狼居胥:山名,在内蒙古西北部。
- 四十三年:作者从北方抗金南归(1162)到写这首词时(1204),已经四十三年。
- 佛狸:北魏太武帝拓跋焘的小名。
- 廉颇:战国时赵国名将。

马致远

天净沙

秋 思

枯藤老树昏鸦，小桥流水人家，古道西风瘦马。夕阳西下，断肠人在天涯。

- 昏鸦：黄昏时的乌鸦。

张养浩

山坡羊

潼关怀古

峰峦如聚，波涛如怒，山河表里潼关路。望西都，意踟蹰。伤心秦汉经行处，宫阙万间都做了土。兴，百姓苦；亡，百姓苦！

- 潼关：在今陕西潼关。
- 聚：聚集。
- 表里：内外。
- 西都：指长安。

王 磐

朝天子

咏喇叭

喇叭，唢呐，
曲儿小腔儿大。
官船来往乱如麻，
全仗你抬声价。
军听了军愁，
民听了民怕。
哪里去辨甚么真共假？
眼见的吹翻了这家，
吹伤了那家，
只吹的水尽鹅飞罢！

● 共：和。

【丙编】

【丁编】

我国古代散文闳中肆外，精彩纷呈，是先人们对历史、社会、自然、人生深入观察和思考的记录，也是语言艺术的典范，值得我们反复诵读，用心揣摩。诵读散文，除了要读准字音外，还要注意以下两点。

一是读清句读（dòu）。古时没有现在的标点符号，读书要自己断句：语意已尽处用圈号标记，叫"句"；语意未完而需要停顿处用点号标记，叫"读（dòu）"。现在读古文，已经有了现成的标点，当然方便多了，但句子中间如何停顿，还是要十分当心的。"今/齐地/方千里，百二十城"（《邹忌讽齐王纳谏》）这一句就不能把"地"和"方"连起来读。"夫/学须静也，才须学也"（诸葛亮《诫子书》）这一句中"夫（fú）"是发语词，管下边两个句子，就不能和"学"连着读。

二是读出语气。不同的句式要读出不同语气，这也是诵读的一项基本要求。"亲贤臣，远小人，此先汉所以兴隆也。"（诸葛亮《出师表》）要读出肯定的判断的语气。"人非生而知之者，孰能无惑？"（韩愈《师说》）要读出反诘的语气。"先帝在时，每与臣论此事，未尝不叹息痛恨于桓、灵也！"（诸葛亮《出师表》）要读出感叹的语气。

熟能生巧，读古文也是这样，多读多揣摩，自然会不断提高诵读的水平。

《左传》一则

曹刿论战

十年春,齐师伐我。公将战。曹刿(guì)请见。其乡人曰:"肉食者谋之,又何间(jiàn)焉?"刿曰:"肉食者鄙(bǐ),未能远谋。"乃入见。

问:"何以战?"公曰:"衣食所安,弗敢专也,必以分人。"对曰:"小惠未徧(biàn),民弗从也。"公曰:"牺牲玉帛(bó),弗敢加也,必以信。"对曰:"小信未孚(fú),神弗福也。"公曰:"小大之狱,虽不能

- 肉食者:吃肉的人。指居高位、得厚禄的人。
- 间:参与。
- 鄙:鄙陋。这里指目光短浅。

- 徧:同"遍"。
- 牺牲:指猪、牛、羊等祭品。

- 孚:为人所信服。
- 福:赐福,保佑。
- 狱:案件。

【丁编】

察，必以情。"对曰："忠之属也，可以一战。战则请从。"

公与之乘。战于长勺。公将鼓之。刿曰："未可。"齐人三鼓。刿曰："可矣。"齐师败绩。公将驰之。刿曰："未可。"下视其辙(zhé)，登轼(shì)而望之，曰："可矣。"遂逐齐师。

既克，公问其故。对曰："夫(fú)战，勇气也。一鼓作气，再而衰，三而竭。彼竭我盈，故克之。夫大国，难测也，惧有伏焉。吾视其辙乱，望其旗靡(mǐ)，故逐之。"

- 忠：尽力做好本分的事。

- 鼓：击鼓进军。

- 败绩：大败。
- 驰：驱车（追赶）。
- 轼：古代车子前边的横木，供乘车人扶手用。

- 作：振作。

左丘明像

《战国策》一则

邹忌讽齐王纳谏

邹忌修八尺有余，而形貌昳丽。朝服衣冠，窥镜，谓其妻曰："我孰与城北徐公美？"其妻曰："君美甚，徐公何能及君也！"城北徐公，齐国之美丽者也。忌不自信，而复问其妾曰："吾孰与徐公美？"妾曰："徐公何能及君也！"旦日，客从外来，与坐谈，问之："吾与徐公孰美？"客曰："徐公不若君之美也。"

- 修：长，指身高。
- 昳丽：光艳漂亮。
- 孰：哪一个。
- 旦日：明日。

明日，徐公来，孰视之，自以为不如；窥镜而自视，又弗如远甚。暮寝而思之，曰："吾妻之美我者，私我也；妾之美我者，畏我也；客之美我者，欲有求于我也。"

于是入朝见威王，曰："臣诚知不如徐公美。臣之妻私臣，臣之妾畏臣，臣之客欲有求于臣，皆以美于徐公。今齐地方千里，百二十城。宫妇左右莫不私王，朝廷之臣莫不畏王，四境之内莫不有求于王。由此观之，王之蔽甚矣。"王曰："善。"乃下令："群臣吏民，能面刺寡人之过者，受上赏；上书谏寡人者，受中赏；能谤(bàng)讥于市朝，闻

- 孰：同"熟"，仔细。

- 美我：以为我美。
- 私：偏爱。

- 方：方圆。

- 蔽：受蒙蔽。
- 面刺：当面指出。

寡人之耳者，受下赏。"

令初下，群臣进谏(jiàn)，门庭若市；数月之后，时时而间(jiàn)进；期(jī)年之后，虽欲言，无可进者。燕、赵、韩、魏闻之，皆朝于齐。此所谓战胜于朝廷。

- 间：间或，偶尔。
- 期年：满一年。

司马迁

屈原列传（节选）

屈原至于江滨，被(bīn)发(pī)行吟(fà)泽畔(zé pàn)。颜色憔悴(qiáo cuì)，形容枯槁(gǎo)。渔父见而问之曰："子非三闾(lǘ)大夫欤(dà fū yú)？何故而至此？"屈原曰："举世混浊而我独清，众人皆醉而我独醒，是以见放。"渔父曰："夫(fú)圣人者，不凝滞(níng zhì)于物而能与世推移。举世混浊，何不随其流而扬其波？众人皆醉，何不餔(bū)其糟(zāo)而啜(chuò)其醨(lí)？何故怀瑾(jǐn)握瑜(yú)而自令见放为？"屈原曰："吾闻

- 被：通"披"。
- 行吟：边走边吟唱。

- 见放：被流放。

- 餔：吃。

- 啜：饮。
- 醨：薄酒。

之：新沐(mù)者必弹冠(tán guān)，新浴者必振衣。人又谁能以身之察(chá)察，受物之汶汶(mén)者乎！宁赴常流而葬乎江鱼腹中耳，又安能以皓(hào)皓之白而蒙世之温蠖(huò)乎！"

- 弹冠：弹去帽子上的灰尘。
- 振衣：抖去衣服上的杂物。
- 察察：高洁。
- 汶汶：玷污。

- 温蠖：尘滓重积的样子。

刘　向

师旷论学

晋平公问于师旷(kuàng)曰："吾年七十，欲学，恐已暮矣。"师旷曰："何不炳烛乎？"平公曰："安有为人臣而戏其君乎？"师旷曰："盲臣安敢戏其君乎？臣闻之：少而好学，如日出之阳；壮而好学，如日中之光；老而好学，如炳烛之明。炳烛之明，孰与昧(mèi)行乎？"平公曰："善哉！"

- 炳烛：点燃蜡烛。

- 孰与昧行乎：跟在黑暗中行走相比怎么样？

范　晔

乐羊子妻

河南乐羊子之妻者，不知何氏之女也。羊子尝行路，得遗金一饼，还以与妻。妻曰："妾闻志士不饮盗泉之水，廉者不受嗟来之食，况拾遗求利以污其行乎！"羊子大惭，乃捐金于野，而远寻师学。一年来归，妻跪问其故。羊子曰："久行怀思，无它异也。"妻乃引刀趋机而言曰："此织生自蚕茧，成于机杼。一丝而累，以至于寸，累寸不已，遂成丈匹。今若断斯织

- 一饼：一块。

- 捐：丢弃。

- 趋：快走。

- 累：积聚。

也，则捐失成功，稽废时日。夫子积学，当日知其所亡，以就懿德。若中道而归，何异断斯织乎？"羊子感其言，复还终业，遂七年不反。妻常躬勤养姑，又远馈羊子。

- 稽：迟延。
- 亡：通"无"。
- 中道：中途。
- 终业：完成学业。
- 姑：丈夫的母亲。
- 馈：送。

【丁编】

《山海经》两则

精卫填海

发鸠(jiū)之山，其上多柘(zhè)木。有鸟焉，其状如乌，文首，白喙(huì)，赤足，名曰"精卫"，其鸣自詨(xiào)。是炎帝之少女，名曰女娃。女娃游于东海，溺(nì)而不返，故为精卫。常衔西山之木石，以堙(yīn)于东海。

- 乌：乌鸦。
- 喙：鸟的嘴。
- 詨：呼叫。
- 堙：填。

夸父逐日

夸父与日逐走，入日，渴，欲得饮，饮于河、渭。河、渭不足，北饮大泽。未至，道渴而死。弃其杖，化为邓林。

精卫

[丁编]

《淮南子》一则

女娲(wā)补天

往古之时，四极废，九州裂，天不兼覆，地不周载。火爁焱(lànyàn)而不灭，水浩洋而不息。猛兽食颛(zhuān)民，鸷(zhì)鸟攫(jué)老弱。于是女娲炼五色石以补苍天，断鳌(áo)足以立四极，杀黑龙以济冀(jì)州，积芦(lú)灰以止淫(yín)水。苍天补，四极正，淫水涸(hé)，冀州平，狡(jiǎo)虫死，颛民生。

- 四极：古人认为天边有四根柱子支撑着。

- 爁焱：燃烧。

- 颛民：善良的人民。

- 淫水：洪水。
- 涸：干。

女娲（左）

【丁编】

诸葛亮

出师表

先帝创业未半,而中道崩殂。今天下三分,益州疲敝,此诚危急存亡之秋也!然侍卫之臣不懈于内,忠志之士忘身于外者,盖追先帝之殊遇,欲报之于陛下也。诚宜开张圣听,以光先帝遗德,恢弘志士之气;不宜妄自菲薄,引喻失义,以塞忠谏之路也。

宫中府中,俱为一体,陟罚臧否,不宜异同。若有作

- 先帝:刘备。

- 崩殂:崩,天子死;殂,死。

- 追:追念。
- 陛下:刘禅。

- 陟:提拔。
- 臧否:好坏,善恶。

奸犯科，及为忠善者，宜付有司，论其刑赏，以昭陛下平明之理；不宜偏私，使内外异法也。

* 有司：专责管理有关事务的官员。

侍中、侍郎郭攸(yōu)之、费祎(yī)、董允等，此皆良实，志虑忠纯，是以先帝简拔以遗(wèi)陛下。愚以为宫中之事，事无大小，悉以咨(zī)之，然后施行，必能裨(bì)补缺漏，有所广益。

* 简拔：遴选提拔。

* 咨：询问。

* 裨：补。

将军向宠(chǒng)，性行淑均，晓畅军事，试用于昔日，先帝称之曰能，是以众议举宠为督。愚以为营中之事，事无大小，悉以咨之，必能使行(háng)阵和睦，优劣得所。

* 晓畅：通晓熟悉。

亲贤臣，远小人，此先汉所以兴隆也；亲小人，远贤臣，此后汉所以倾颓(qīng tuí)也。先帝在时，每与臣论此事，未尝不叹息痛恨于桓(huán)、灵也！侍中、尚书、长(zhǎng)史、参军，此悉贞亮死节之臣，愿陛下亲之信之，则汉室之隆，可计日而待也。

- 桓、灵：东汉的桓帝刘志和灵帝刘宏。
- 贞亮死节：坚贞诚实，以死报国。

臣本布衣，躬耕于南阳，苟(gǒu)全性命于乱世，不求闻达于诸侯。先帝不以臣卑鄙，猥(wěi)自枉屈，三顾臣于草庐之中，咨臣以当世之事。由是感激，遂许先帝以驱驰(qū chí)。后值倾覆，受任于败军之际，奉命于

- 布衣：平民。
- 卑鄙：低贱。
- 猥自枉屈：降低身份，委屈自己。
- 顾：拜访。
- 驱驰：效劳。

危难之间，尔来二十有一年矣！

先帝知臣谨慎，故临崩寄臣以大事也。受命以来，夙(sù)夜忧叹，恐托付不效，以伤先帝之明。故五月渡泸，深入不毛。今南方已定，兵甲已足，当奖率三军，北定中原。庶(shù)竭驽(jié nú)钝，攘(rǎng)除奸凶，兴复汉室，还于旧都。此臣之所以报先帝而忠陛下之职分(fèn)也。至于斟酌(zhēnzhuó)损益，进尽忠言，则攸之、祎、允之任也。

愿陛下托臣以讨贼兴复之效，不效则治臣之罪，以告先帝之灵。若无兴德之言，则责

- 夙夜：朝夕。

- 不毛：未开垦的荒野。

- 驽钝：平庸的才能。
- 攘除：铲除。

- 斟酌损益：斟酌情理，把握分寸。

攸之、祎、允等之慢，以彰(zhāng)其咎(jiū)。陛下亦宜自谋，以咨诹(zōu)善道，察纳雅言，深追先帝遗诏(zhào)。臣不胜受恩感激！

今当远离，临表涕(tì)零，不知所言！

- 慢：怠惰。
- 彰：显示。
- 咎：过失。
- 咨诹：询问征求。
- 雅言：忠言。
- 遗诏：君王临死留下的诏令。

- 涕：泪。

【丁编】

诸葛亮

诫(jiè)子书

夫(fú)君子之行，静以修身，俭以养德。非淡泊(dàn bó)无以明志，非宁静无以致远。夫(fú)学须静也，才须学也。非学无以广才，非志无以成学。淫(yín)慢则不能励精，险躁(zào)则不能治性。年与时驰，意与日去，遂(suì)成枯落，多不接世，悲守穷庐，将复何及！

- 淡泊：不追求名利。

- 淫慢：放纵享乐，懈怠。

诸葛亮像

【丁编】

王 肃

慎其所处者

与善人居，如入芝兰之室，久而不闻其香，即与之化矣。与不善人居，如入鲍鱼之肆（sì），久而不闻其臭，亦与之化矣。丹之所藏者赤，漆之所藏者黑，是以君子必慎（shèn）其所处者焉。

- 肆：店铺。

- 处：指所处的环境和相处的人。

陶渊明

桃花源记

晋太元中，武陵人捕鱼为业。缘溪行，忘路之远近。忽逢桃花林，夹岸数百步，中无杂树，芳草鲜美，落英缤纷。渔人甚异之，复前行，欲穷其林。

林尽水源，便得一山。山有小口，仿佛若有光。便舍船，从口入。初极狭，才通人。复行数十步，豁(huò)然开朗。土地平旷，屋舍俨(yǎn)然，有良田美池桑竹之属。阡陌(qiānmò)交通，鸡犬相闻。其中往来种作，男女衣着(zhuó)，悉如外人。黄发(fà)垂

- 缘：沿着。

- 穷：达到尽头。

髫，并怡然自乐。

见渔人，乃大惊，问所从来，具答之。便要还家，设酒杀鸡作食。村中闻有此人，咸来问讯。自云先世避秦时乱，率妻子邑人来此绝境，不复出焉，遂与外人间隔。问今是何世，乃不知有汉，无论魏晋。此人一一为具言所闻，皆叹惋。余人各复延至其家，皆出酒食。停数日，辞去。此中人语云："不足为外人道也。"

既出，得其船，便扶向路，处处志之。及郡下，诣太守，说如此。太守即遣人随

- 要：邀请。

- 绝境：与外世隔绝的地方。

- 延：邀请。

- 扶：沿着。
- 向：以往的。

其往，寻向所志，遂迷，不复得路。

- 志：做标记。

南阳刘子骥(jì)，高尚士也，闻之，欣然规往。未果，寻病终。后遂无问津者。

- 规：计划。
- 果：实现。
- 寻：不久。

陶渊明像

陶渊明

五柳先生传

先生不知何许人也，亦不详其姓字。宅边有五柳树，因以为号焉。闲静少言，不慕荣利。好读书，不求甚解；每有会意，便欣然忘食。性嗜酒，家贫不能常得。亲旧知其如此，或置酒而招之。造饮辄(zhé)尽，期在必醉，既醉而退，曾不吝(lìn)情去留。环堵萧然，不蔽风日，短褐(hè)穿结，箪瓢(dānpiáo)屡空，晏(yàn)如也。常著文章自娱，颇示己志。忘怀得失，以此自终。

- 会意：领悟。

- 造：到，去。

- 吝情：挂心，舍不得。
- 堵：墙壁。

- 晏如：安然。

【丁编】

赞曰：黔(qián)娄有言，不戚(qī)戚于贫贱，不汲(jí)汲(jí)于富贵。其言兹若人之俦(chóu)乎？衔觞(shāng)赋诗，以乐其志，无怀氏之民欤(yú)，葛天氏之民欤？

- 黔娄：春秋鲁国人。
- 戚戚：忧虑不安的样子。
- 汲汲：急于追求的样子。
- 衔觞：指饮酒。

吴　均

与朱元思书

风烟俱净，天山共色，从流飘荡，任意东西。自富阳至桐庐，一百许里，奇山异水，天下独绝。水皆缥(piāo)碧，千丈见底；游鱼细石，直视无碍。急湍(tuān)甚箭，猛浪若奔。夹岸高山，皆生寒树，负势竞上，互相轩邈(xuān miǎo)，争高直指，千百成峰。泉水激石，泠泠(líng líng)作响；好鸟相鸣，嘤嘤(yīng yīng)成韵。蝉则千转(zhuàn)不穷，猿则百叫无绝。鸢(yuān)飞戾(lì)天者，望峰息心；经

- 天山：天与山。
- 从流：船顺着水流。

- 急湍甚箭：急流比箭还快。
- 寒树：耐寒的树。
- 轩邈：山峰争着向高处伸展。

- 转：同"啭"。
- 鸢：老鹰。
- 戾：至，到。

【丁编】

纶(lún)世务者,窥(kuī)谷忘反。横柯(kē)上蔽(bì),在昼犹昏;疏条交映,有时见日。

- 柯:树枝。

郦(lì)道元

三峡(xiá)

自三峡七百里中,两岸连山,略无阙(quē)处。重岩叠嶂(zhàng),隐天蔽日,自非亭午夜分,不见曦(xī)月。至于夏水襄(xiāng)陵,沿溯(sù)阻绝。或王命急宣,有时朝发白帝,暮到江陵,其间千二百里,虽乘奔御风,不以疾也。春冬之时,则素湍(tuān)绿潭,回清倒影。绝巘(yǎn)多生怪柏(bǎi),悬泉瀑(pù)布,飞漱其间,清荣峻茂,良多趣味。每至晴

- 阙:缺。
- 亭午:正午。
- 夜分:半夜。
- 曦:阳光,这里指太阳。
- 襄陵:漫上丘陵。
- 沿:顺流而下。
- 溯:同"溯",逆流向上。
- 奔:这里指飞奔的马。
- 素湍:雪白的急流。
- 绝巘:极其险峻的山峰。
- 清荣峻茂:水清,树荣,山高,草茂。

【丁编】

初霜旦,林寒涧肃,常有高猿长啸,属引凄异,空谷传响,哀转久绝。故渔者歌曰:"巴东三峡巫峡长,猿鸣三声泪沾裳。"

• 属引:(猿声)连续不断。

陶弘景

答谢中书书

山川之美，古来共谈。高峰入云，清流见底。两岸石壁，五色交晖；青林翠竹，四时俱备。晓雾将歇，猿鸟乱鸣；夕日欲颓，沈鳞竞跃。实是欲界之仙都。自康乐以来，未复有能与其奇者。

● 歇：消。

● 颓：坠，坠落。
● 沈鳞：水中的鱼。沈，通"沉"。
● 康乐：指谢灵运，著名诗人。

刘勰(xié)

《文心雕龙》一则

文之思也，其神远矣。故寂然凝(níng)虑(jì)，思接千载；悄焉(yān)动容(zǎi)，视通万里。吟咏之间，吐纳(nà)珠玉之声；眉睫(jié)之前，卷舒风云之色。

夫(fú)神思方运，万涂竞萌，规矩虚位，刻镂(lòu)无形。登山则情满于山，观海则意溢于海；我才之多少，将与风云而并驱矣。

《文心雕龙》书影

韩　愈

师　说

古之学者必有师。师者，所以传道、受业、解惑也。人非生而知之者，孰能无惑？惑而不从师，其为惑也，终不解矣。生乎吾前，其闻道也固先乎吾，吾从而师之。生乎吾后，其闻道也亦先乎吾，吾从而师之。吾师道也，夫庸知其年之先后生于吾乎！是故无贵无贱，无长无少，道之所存，师之所存也。

嗟乎！师道之不传也久矣，欲人之无惑也难矣。古之

- 学者：求学的人。
- 受：传授。
- 孰：谁。

- 师之：以之为师。

- 师：学习。
- 庸：何必。
- 无：无论。

- 师道：从师学习的道理。

圣人，其出人也远矣，犹且从师而问焉。今之众人，其下圣人也亦远矣，而耻学于师。是故圣益圣，愚益愚。圣人之所以为圣，愚人之所以为愚，其皆出于此乎？

爱其子，择(zé)师而教之；于其身也，则耻师焉，惑矣！彼童子之师，授之书而习其句(jù)读(dòu)者，非吾所谓传其道解其惑者也。句读之不知，惑之不解，或师焉，或不(fǒu)焉，小学而大遗(yí)，吾未见其明也。

巫(wū)医(yī)乐(yuè)师(shī)百工之人，不耻相师。士(shì)大(dà)夫(fū)之族，曰师曰弟子云者，则群聚而笑之。问

- 出：超出。
- 众人：普通人。

- 不：通"否"。

- 不耻相师：不把相互学习、相互为师当作耻辱。

之，则曰："彼与彼年相若也，道相似也，位卑则足羞，官盛则近谀。"呜呼！师道之不复，可知矣。巫医乐师百工之人，君子不齿，今其智乃反不能及，其可怪也欤！

- 不齿：瞧不起。

圣人无常师。孔子师郯子、苌弘、师襄、老聃。郯子之徒，其贤不及孔子。孔子曰："三人行，则必有我师。"是故弟子不必不如师，师不必贤于弟子，闻道有先后，术业有专攻，如是而已。

- 常师：固定不变的老师。

- 不必：不一定。

韩愈

马 说

世有伯乐(bó lè),然后有千里马。千里马常有,而伯乐不常有。故虽有名马,只辱(rǔ)于奴隶人之手,骈(pián)死于槽枥(cáo lì)之间,不以千里称(chēng)也。马之千里者,一食(shí)或尽粟一石(dàn),食(sì)马者不知其能千里而食(sì)也。是马也,虽有千里之能,食不饱,力不足,才美不外见(xiàn)。且欲与常马等不可得,安求其能千里也?策之不以其道,食(sì)之不能尽其材,鸣之而不能通其

- 奴隶人:奴仆,此处指喂马的奴仆。
- 骈:一并,一同。
- 槽枥:马厩。

- 一食:吃一顿。
- 食(sì):喂。

- 见:通"现"。

- 等:一样。

- 道:方法。

意，执策而临之，曰:"天下无马!"呜呼!其真无马邪?其真不知马也。

《昌黎先生诗集注》书影

韩 愈

送董邵南游河北序

燕(yān)赵古称多感慨悲歌之士。董生举进士，连不得志于有司，怀抱利器，郁郁适兹土。吾知其必有合也。董生勉乎哉！

夫以子之不遇时，苟(gǒu)慕义强仁者，皆爱惜焉；矧(shěn)燕赵之士，出乎其性者哉！然吾尝闻风俗与化移易，吾恶(wū)知其今不异于古所云耶？聊以吾子之行卜之也。董生勉乎哉！

吾因子有所感矣。为我吊望诸君之墓，而观于其市，复有昔时屠狗者乎？为我谢曰："明天子在上，可以出而仕矣。"

- 利器：指突出的才能。
- 合：受到赏识。

- 矧：况且。

- 化：风化。
- 恶：怎么，哪里。

- 卜：检测。

- 望诸君：战国时燕国名将乐毅。

柳宗元

黔(qián)之驴

黔无驴，有好事(hào)者船载以入。至则无可用，放之山下。虎见之，庞(páng)然大物也，以为神，蔽(bì)林间窥(kuī)之。稍出近之，慭慭(yìn yìn)然，莫相知。

他日，驴一鸣，虎大骇(hài)，远遁(dùn)，以为且噬(shì)已也，甚恐。然往来视之，觉无异能者。益习其声，又近出前后，终不敢搏(bó)。稍近，益狎(xiá)，荡倚冲冒(dàng yǐ)。驴不胜怒，蹄之。虎因喜，计之曰："技止此耳！"因跳踉(tiào liáng)大㘎(hǎn)，断其喉，尽其肉，乃去。

- 黔：今贵州省。

- 慭慭然：小心谨慎的样子。

- 且：将。
- 噬：咬。

- 狎：亲近但态度不庄重。

- 跳踉：跳跃。

- 大㘎：大声吼叫。

柳宗元

始得西山宴游记

自余为僇(lù)人，居是州，恒惴(zhuì)栗(lì)。其隙(xì)也，则施施而行，漫漫而游。日与其徒上高山，入深林，穷回溪，幽泉怪石，无远不到。到则披草而坐，倾壶而醉。醉则更相枕以卧，卧而梦，意有所极，梦亦同趣。觉而起，起而归。以为凡是州之山水有异态者，皆我有也，而未始知西山之怪特。

今年九月二十八日，因坐法华西亭，望西山，始指异

- 僇人：受迫害的人。
- 恒惴栗：常常忧惧不安。

- 披：拨开。

- 趣：通"趋"，去。

- 指：指看。
- 异：奇特。

之。遂命仆人过湘江,缘染溪,斫(zhuózhēn)榛莽,焚(fén)茅筏(fá),穷山之高而止。攀援而登,箕踞(jī jù)而遨,则凡数(shù)州之土壤,皆在衽(rèn)席之下。其高下之势,岈然(xiā)洼然,若垤(dié)若穴,尺寸千里,攒蹙(cuán cù)累积,莫得遁(dùn)隐。萦青缭白,外与天际,四望如一。然后知是山之特出,不与培塿(pǒulóu)为类。悠悠乎与颢(hào)气俱,而莫得其涯;洋洋乎与造物者游,而不知其所穷。引觞(shāng)满酌(zhuó),颓(tuí)然就醉,不知日之入。苍然暮色,自远而至,至无所见,而犹不欲归。心凝形释,

● 岈然:山谷深的样子。
● 垤:蚁穴外的土堆。

● 培塿:小土丘。

● 觞:酒杯。

【丁编】

与万化冥合。然后知吾向之未始游，游于是乎始。故为之文以志。

是岁，元和四年也。

- 万化：万物。
- 向：以前。
- 志：记。

刘禹锡

陋室铭

山不在高,有仙则名。水不在深,有龙则灵。斯是陋(lòu)室,惟吾德馨(xīn)。苔(tái)痕上阶绿,草色入帘(lián)青。谈笑有鸿儒(hóng rú),往来无白丁。可以调素琴,阅金经。无丝竹之乱耳,无案牍(dú)之劳形。南阳诸葛庐,西蜀子云亭。孔子云:何陋之有?

- 馨:散布很远的香气。这里形容品德高尚。
- 白丁:指没有什么学问的人。
- 金经:指佛经。
- 案牍:官府的公文。

范仲淹

岳阳楼记

庆历四年春，滕(téng)子京谪(zhé)守巴陵郡(jùn)。越明年，政通人和，百废具兴。乃重修岳阳楼，增其旧制，刻唐贤今人诗赋于其上。属(zhǔ)予作文以记之。

予观夫(fú)巴陵胜状，在洞庭一湖。衔(xián)远山，吞长江，浩浩汤汤(shāng)，横无际涯，朝晖夕阴，气象万千。此则岳阳楼之大观也，前人之述备矣。然则北通巫峡(wū xiá)，南极潇湘(xiāoxiāng)，迁客骚(sāo)人，多会于此，览物之情，

- 谪：古代官吏降职或调到边远地方做官。

- 具：通"俱"，全。

- 属：通"嘱"。

- 胜状：胜景，美好的景色。

- 大观：雄伟景象。

- 迁客：降职远调的人。
- 骚人：诗人。

[丁编]

得无异乎？

若夫霪(fú yín)雨霏霏(fēi fēi)，连月不开，阴风怒号(háo)，浊浪排空；日星隐耀，山岳潜(qián)形；商旅不行，樯(qiáng)倾(qīng)楫(jí)摧(cuī)；薄(bó)暮冥(míng)冥，虎啸(xiào)猿啼。登斯楼也，则有去国怀乡，忧谗(chán)畏讥，满目萧然，感极而悲者矣。

至若春和景明，波澜不惊，上下天光，一碧万顷；沙鸥翔集，锦鳞游泳；岸芷(zhǐ)汀(tīng)兰，郁郁青青。而或长烟一空，皓月千里，浮光跃金，静影沉璧，渔歌互答，此乐何极！登斯楼也，则有心旷神怡，宠(chǒng)辱(rǔ)偕(xié)忘，把酒临风，

- 霪雨：连绵的雨。
- 开：放晴。

- 樯：船桅。
- 楫：船桨。

- 去：离开。
- 国：国都。

- 锦鳞：美丽的鱼。
- 汀：水中或水边的平地。

【丁编】

其喜洋洋者矣。

嗟(jiē)夫(fú)！予尝求古仁人之心，或异二者之为，何哉？不以物喜，不以己悲；居庙堂之高则忧其民，处江湖之远则忧其君。是进亦忧，退亦忧。然则何时而乐耶？其必曰"先天下之忧而忧，后天下之乐而乐"乎！噫(yī)！微斯人，吾谁与归？

时六年九月十五日。

- 庙堂：指朝廷。

- 进：指在朝廷上做官，即"居庙堂之高"。
- 退：退隐，即"处江湖之远"。
- 微：无，没有。

欧阳修

卖油翁

陈康肃公尧咨善射，当世无双，公亦以此自矜。尝射于家圃，有卖油翁释担而立，睨之，久而不去。见其发矢十中八九，但微颔之。康肃问曰："汝亦知射乎？吾射不亦精乎？"翁曰："无他，但手熟尔。"康肃忿然曰："尔安敢轻吾射！"翁曰："以我酌油知之。"乃取一葫芦置于地，以钱覆其口，徐以杓酌油沥之，

- 矜：自尊自夸。
- 释：放下。
- 睨：斜眼看，不在意的样子。
- 但：只，不过。
- 颔：点头。
- 无他：没有什么。
- 酌：倒。
- 沥：滴注。

【丁编】

自钱孔入,而钱不湿。因曰:"我亦无他,惟手熟尔。"康肃笑而遣之。

- 遣(qiǎn)之:让他离去。

欧阳修

醉翁亭记

环滁皆山也。其西南诸峰，林壑尤美。望之蔚然而深秀者，琅琊也。山行六七里，渐闻水声潺潺而泻出于两峰之间者，酿泉也。峰回路转，有亭翼然临于泉上者，醉翁亭也。作亭者谁？山之僧智仙也。名之者谁？太守自谓也。太守与客来饮于此，饮少辄醉，而年又最高，故自号曰醉翁也。醉翁之意不在酒，在乎山水之间也。山水之乐，

- 环滁：环绕着滁州城。
- 壑：山谷。

- 翼然：像鸟张开翅膀一样。

- 辄：就。
- 意：情趣。

［丁编］

得之心而寓之酒也。

若夫日出而林霏开，云归而岩穴暝，晦明变化者，山间之朝暮也。野芳发而幽香，佳木秀而繁阴，风霜高洁，水落而石出者，山间之四时也。朝而往，暮而归，四时之景不同，而乐亦无穷也。

至于负者歌于途，行者休于树，前者呼，后者应，伛偻提携，往来而不绝者，滁人游也。临溪而渔，溪深而鱼肥；酿泉为酒，泉香而酒洌；山肴野蔌，杂然而前陈者，太守宴也。宴酣之乐，非丝非

- 林霏：树林里的雾气。
- 暝：昏暗。

- 秀：发荣滋长。

- 负者：背着东西的人。
- 伛偻提携：老年人弯着腰走，小孩子由大人搀着走。

- 蔌：菜蔬。
- 丝：弦乐器。

竹；射者中，弈者胜；觥筹交错，起坐而喧哗者，众宾欢也。苍颜白发，颓然乎其间者，太守醉也。

已而夕阳在山，人影散乱，太守归而宾客从也。树林阴翳，鸣声上下，游人去而禽鸟乐也。然而禽鸟知山林之乐，而不知人之乐；人知从太守游而乐，而不知太守之乐其乐也。醉能同其乐，醒能述以文者，太守也。太守谓谁？庐陵欧阳修也。

- 竹：管乐器。
- 觥筹交错：酒杯和酒筹交互错杂。

- 阴翳：枝叶茂密成荫。

赵孟頫书
《醉翁亭记》（局部）

周敦颐(dūn yí)

爱莲说

水陆草木之花，可爱者甚蕃(fán)。晋陶渊明独爱菊。自李唐来，世人甚爱牡丹。予独爱莲之出淤(yū)泥而不染，濯(zhuó)清涟(lián)而不妖，中通外直，不蔓(màn)不枝，香远益清，亭亭净植，可远观而不可亵(xiè)玩焉。

予谓菊，花之隐逸(yì)者也；牡丹，花之富贵者也；莲，花之君子者也。噫(yī)！菊之爱，陶后鲜(xiǎn)有闻。莲之爱，同予者何人？牡丹之爱，宜乎众矣。

- 蕃：多。
- 植：树立。
- 亵玩：玩弄。亵，亲近而不庄重。

周敦颐像

- 鲜：少。

【丁编】

曾　巩

墨池记

临川之城东，有地隐然而高，以临于溪，曰新城。新城之上，有池洼(wā)然而方以长，曰王羲之之墨池者，荀伯子《临川记》云也。羲之尝慕张芝，临池学书，池水尽黑，此为其故迹，岂信然邪？

方羲之之不可强(qiǎng)以仕，而尝极东方，出沧海，以娱其意于山水之间，岂有徜徉(cháng yáng)肆恣(sì zì)，而又尝自休于此邪？羲之之书，晚乃善，则其所能，盖亦以精力自致者，非天成

- 强：勉强。

- 徜徉：徘徊。

- 肆恣：恣肆，任性。
- 休：休闲。

也。然后世未有能及者,岂其学不如彼邪?则学固岂可以少哉!况欲深造道德者邪?

墨池之上,今为州学舍。教授王君盛恐其不章也,书"晋王右军墨池"之六字于楹(yíng)间以揭之。又告于巩曰:"愿有记。"推王君之心,岂爱人之善,虽一能不以废,而因以及乎其迹邪?其亦欲推其事以勉其学者邪?夫(fú)人之有一能,而使后人尚之如此,况仁人庄士之遗风余思,被于来世者何如哉!

庆历八年九月十二日,曾巩记。

- 章:显著。

- 揭:揭示。

- 推:推究。

- 尚:崇尚。
- 庄士:庄重自持的正派人。
- 被:影响。

王安石

伤仲永

王安石像

金溪民方仲永,世隶耕。仲永生五年,未尝识书具,忽啼求之。父异焉,借旁近与之,即书诗四句,并自为其名。其诗以养父母、收族为意,传一乡秀才观之。自是指物作诗立就,其文理皆有可观者。邑人奇之,稍稍宾客其父,或以钱币乞之。父利其然也,日扳仲永环谒于邑人,不使学。

余闻之也久。明道中,从先人还家,于舅家见之,十二

- 乞:请求。
- 扳:通"攀",援引。
- 谒:拜见。

【丁编】

三矣。令作诗，不能称(chèn)前时之闻。又七年，还自扬州，复到舅家，问焉，曰："泯(mǐn)然众人矣。"

王子曰："仲永之通悟，受之天也。其受之天也，贤于材人远矣。卒之为众人，则其受于人者不至也。彼其受之天也，如此其贤也，不受之人，且为众人矣；今夫(fú)不受之天，固众人，又不受之人，得为众人而已耶？"

- 称：相称。

- 卒：终于。

- 固：本来。

苏轼(shì)

记承天寺夜游

元丰六年十月十二日夜,解衣欲睡,月色入户,欣然起行。念无与为乐者,遂(suì)至承天寺寻张怀民。怀民亦未寝。相与(xiāng yǔ)步于中庭。

庭下如积水空明,水中藻(zǎo)、荇(xìng)交横,盖竹柏影也。

何夜无月?何处无竹柏?但少闲人如吾两人耳!

任伯年《承天夜游图》

● 藻、荇:水草名。

苏　轼

赤壁赋

壬戌之秋，七月既望，苏子与客泛舟游于赤壁之下。清风徐来，水波不兴。举酒属客，诵明月之诗，歌窈窕之章。少焉，月出于东山之上，徘徊于斗牛之间。白露横江，水光接天。纵一苇之所如，凌万顷之茫然。浩浩乎如冯虚御风，而不知其所止；飘飘乎如遗世独立，羽化而登仙。

于是饮酒乐甚，扣舷而歌之。歌曰："桂棹兮兰桨，

- 既望：农历每个月的十六日。望，月圆之日（十五日）。
- 属：劝酒。
- 斗牛：星宿（xiù）分野二十八宿中的斗宿和牛宿。
- 一苇：这里指像一片芦苇叶那样的轻舟。
- 冯：通"凭"。

击空明兮泝流光。渺渺兮予怀,望美人兮天一方。"客有吹洞箫者,倚歌而和之。其声呜呜然,如怨如慕,如泣如诉,余音袅袅,不绝如缕。舞幽壑之潜蛟,泣孤舟之嫠妇。

苏子愀然,正襟危坐,而问客曰:"何为其然也?"客曰:"'月明星稀,乌鹊南飞',此非曹孟德之诗乎?西望夏口,东望武昌,山川相缪,郁乎苍苍,此非孟德之困于周郎者乎?方其破荆州,下江陵,顺流而东也,舳舻

- 泝:通"溯"。

- 嫠妇:寡妇。

- 愀然:忧愁的样子。

- 缪:通"缭",盘绕。

【丁编】

千里,旌旗蔽空,酾酒临江,横槊赋诗,固一世之雄也,而今安在哉!况吾与子渔樵于江渚之上,侣鱼虾而友麋鹿,驾一叶之扁舟,举匏樽以相属;寄蜉蝣于天地,渺沧海之一粟。哀吾生之须臾,羡长江之无穷。挟飞仙以遨游,抱明月而长终。知不可乎骤得,托遗响于悲风。"

苏子曰:"客亦知夫水与月乎?逝者如斯,而未尝往也;盈虚者如彼,而卒莫消长也。盖将自其变者而观

- 酾酒:斟酒。

- 匏樽:酒器。

- 飞仙:飞行于空中的仙人。

- 遗响:洞箫中吹出的声响。

- 卒:终究。
- 消长:消失和增长。

之，则天地曾不能以一瞬；自其不变者而观之，则物与我皆无尽也，而又何羡乎！且夫天地之间，物各有主，苟非吾之所有，虽一毫而莫取。惟江上之清风，与山间之明月，耳得之而为声，目遇之而成色，取之无禁，用之不竭。是造物者之无尽藏也，而吾与子之所共适。"

客喜而笑，洗盏更酌。肴核既尽，杯盘狼藉。相与枕藉乎舟中，不知东方之既白。

● 适：这里是享受的意思。

苏　辙

上枢密韩太尉书(shū)

太尉执事：辙生好为文，思之至深，以为文者气之所形，然文不可以学而能，气可以养而致。孟子曰："我善养吾浩然之气。"今观其文章，宽厚宏博，充乎天地之间，称(chèn)其气之小大。太史公行天下，周览四海名山大川，与燕(yān)、赵间豪俊交游，故其文疏(shū)荡，颇有奇气。此二子者，岂尝执笔学为如此之文哉？其气充乎其中而溢乎其貌，动乎其言而见(xiàn)乎其文，而不自

- 执事：（太尉）身边执役办事的人。

苏辙像

- 疏荡：洒脱无拘。

知也。

辙生十有九年矣。其居家所与游者，不过其邻里乡党之人；所见不过数百里之间，无高山大野可登览以自广；百氏之书，虽无所不读，然皆古人之陈迹，不足以激发其志气。恐遂汩(gǔ mò)没，故决然舍去，求天下奇闻壮观，以知天地之广大。过秦汉之故都，恣(zì)观终南、嵩(sōng)、华之高，北顾黄河之奔流，慨然想见古之豪杰。至京师，仰观天子宫阙(què)之壮，与仓廪(lǐn)府库城池苑囿(yuàn yòu)之富且大也，而后知天下之巨丽。见翰林欧阳公，听其议论之宏

● 汩没：埋没。

● 恣：任情。

辩，观其容貌之秀伟，与其门人贤士大夫游，而后知天下之文章聚乎此也。太尉以才略冠天下，天下之所恃(shì)以无忧，四夷之所惮(dàn)以不敢发，入则周公、召(shào)公，出则方叔、召(shào)虎，而辙也未之见焉。

• 恃：依靠。

• 惮：惧怕。

且夫(fú)人之学也，不志其大，虽多而何为？辙之来也，于山见终南、嵩、华之高，于水见黄河之大且深，于人见欧阳公，而犹以为未见太尉也。故愿得观贤人之光耀，闻一言以自壮，然后可以尽天下之大观而无憾者矣。

辙年少，未能通习吏事。向之来，非有取于斗升之禄，

• 向：以前。

偶然得之,非其所乐。然幸得赐归待选,使得优游数年之间,将归益治其文,且学为政。太尉苟以为可教而辱教之,又幸矣!

• 赐归待选:让我回去等待选用。

宋　濂(lián)

送东阳马生序

余幼时即嗜(shì)学。家贫，无从致书以观，每假借于藏书之家，手自笔录，计日以还。天大寒，砚冰坚，手指不可屈伸，弗之怠。录毕，走送之，不敢稍逾约。以是人多以书假余，余因得遍观群书。

既加冠(guān)，益慕圣贤之道。又患无硕师名人与游，尝趋百里外，从乡之先达执经叩问。先达德隆望尊，门人弟子填其室，未尝稍降(jiàng)辞色。余立侍

- 致：取得。
- 假：借。

- 弗之怠：不敢懈怠。
- 走：赶紧去。

- 加冠：到了成年。
- 硕师：才学渊博的老师。
- 先达：前辈。

左右，援疑质理，俯身倾耳以请。或遇其叱咄（chì duō），色愈恭，礼愈至，不敢出一言以复。俟（sì）其欣悦，则又请焉。故余虽愚，卒获有所闻。

当余之从师也，负箧曳屣（qiè yè xǐ），行深山巨谷中，穷冬烈风，大雪深数尺，足肤皲（jūn）裂而不知。至舍，四支僵劲不能动，媵（yìng）人持汤沃灌，以衾拥覆，久而乃和。寓逆旅主人，日再食，无鲜肥滋味之享。同舍生皆被（pī）绮绣，戴朱缨宝饰之帽，腰白玉之环，左佩刀，右备容臭（xiù），烨（yè）然若神人。余则

- 援疑质理：提出疑问，询问道理。

- 俟：等候。

- 负箧曳屣：背着书箱，拖着鞋子。

- 舍：学舍。
- 支：通"肢"。
- 媵人：仆人。
- 逆旅：旅店。
- 日再食：一天只吃两顿。

- 容臭：香袋。

【丁编】

缊(yùn)袍敝衣处其间，略无慕艳意，以中有足乐者，不知口体之奉不若人也。盖余之勤且艰若此。

今诸生学于太学，县官日有廪(lǐn)稍之供，父母岁有裘葛之遗(wèi)，无冻馁(něi)之患矣。坐大厦之下而诵诗书，无奔走之劳矣。有司业、博士为之师，未有问而不告，求而不得者也。凡所宜有之书皆集于此，不必若余之手录，假诸人而后见也。其业有不精，德有不成者，非天质之卑，则心不若余之专耳，岂他人之过哉？

东阳马生君则在太学已二年，流辈甚称其贤。余朝京

- 缊袍敝衣：破旧的衣服。
- 口体之奉：吃的和穿的。

- 廪稍：官家供给的食物。
- 遗：送。

- 假诸人：向别人借。

- 天质：天资。

- 君则：马生的字。
- 流辈：同辈人。

师，生以乡人子谒(yè)余。撰(zhuàn)长书以为贽(zhì)，辞甚畅达。与之论辩，言和而色夷(yí)。自谓少时用心于学甚劳。是可谓善学者矣。其将归见其亲也，余故道为学之难以告之。

- 谒：拜见。
- 长书：长信。
- 贽：见面礼。
- 夷：平和。

宋濂像

张 岱(dài)

湖心亭看雪

崇祯(chóng zhēn)五年十二月,余住西湖。大雪三日,湖中人鸟声俱绝。

是日,更(gēng)定矣,余拏(ná)一小舟,拥毳(cuì)衣炉火,独往湖心亭看雪。雾凇沆砀(hàng dàng),天与云与山与水,上下一白。湖上影子,惟长堤一痕、湖心亭一点,与余舟一芥(jiè)、舟中人两三粒而已。

到亭上,有两人铺毡(zhān)对坐,一童子烧酒,炉正沸。见余大喜曰:"湖中焉得更有此

- 更定:相当于现在的晚八点左右。
- 毳:鸟兽的细毛。

- 雾凇沆砀:雾气结成的水珠,一片白茫茫。

- 芥:小草,此处形容船的细小。

- 更:另外,还有。

人!"拉余同饮。余强饮三大白而别。问其姓氏,是金陵人,客此。

及下船,舟子喃(nán)喃(nán)曰:"莫说相公痴,更有痴(chī)似相公者。"

- 白:酒杯。
- 舟子:船夫。

彭端淑

为学一首示子侄（节选）

天下事有难易乎？为之，则难者亦易矣；不为，则易者亦难矣。人之为学有难易乎？学之，则难者亦易矣；不学，则易者亦难矣。

蜀之鄙(bǐ)有二僧，其一贫，其一富。贫者语于富者曰："吾欲之南海，何如？"富者曰："子何恃(shì)而往？"曰："吾一瓶一钵(bō)足矣。"富者曰："吾数年来欲买舟而下，犹未能也。子何恃而往！"越明年，贫者自南海还，以告富

- 鄙：边远之地。

- 之：到，去。
- 恃：依靠。

- 越明年：到了第二年。

【丁编】

者，富者有惭色。西蜀之去南海，不知几千里也，僧富者不能至，而贫者至焉。人之立志，顾不如蜀鄙之僧哉！

  是故聪与敏，可恃而不可恃也；自恃其聪与敏而不学者，自败者也。昏与庸，可限而不可限也；不自限其昏与庸而力学不倦者，自力者也。

- 顾：反而。

- 自败：自己败坏自己。

- 自力：自求上进。

【索引】

索引

（按首字拼音顺序排列）

安得广厦千万间，大庇天下寒士俱欢颜，风雨不动安如山！
　　　　　　杜　甫　茅屋为秋风所破歌　（85）

白发三千丈，缘愁似个长。
　　　　　　李　白　秋浦歌　（71）

白毛浮绿水，红掌拨清波。
　　　　　　骆宾王　咏　鹅　（55）

白日放歌须纵酒，青春作伴好还乡。
　　　　　　杜　甫　闻官军收河南河北　（85）

白兔捣药成，问言与谁餐？
　　　　　　李　白　古朗月行（节选）　（71）

北冥有鱼，其名为鲲。鲲之大，不知其几千里也。
　　　　　　《庄子》　逍遥游　（21）

本是同根生,相煎何太急?
曹植 七步诗 (52)

彼其受之天也,如此其贤也,不受之人,且为众人矣;今夫不受之天,固众人,又不受之人,得为众人而已耶?
王安石 伤仲永 (216)

碧云天,黄叶地,秋色连波,波上寒烟翠。
范仲淹 苏幕遮(碧云天) (142)

遍身罗绮者,不是养蚕人。
张俞 蚕妇 (117)

伯牙善鼓琴,钟子期善听。
《列子》 伯牙鼓琴 (26)

博学之,审问之,慎思之,明辨之,笃行之。
《中庸》 诚者不勉而中 (31)

不愤不启,不悱不发。
《论语》 (6)

不识庐山真面目,只缘身在此山中。
苏轼 题西林壁 (120)

不畏浮云遮望眼,自缘身在最高层。
王安石 登飞来峰 (119)

不要人夸颜色好,只留清气满乾坤。
王冕 墨梅 (131)

不义而富且贵，于我如浮云。

      《论语》 （ 6 ）

不知细叶谁裁出，二月春风似剪刀。

     贺知章 咏 柳 （59）

采菊东篱下，悠然见南山。

     陶渊明 饮 酒 （54）

曾经沧海难为水，除却巫山不是云。

     元 稹 离 思 （98）

柴门闻犬吠，风雪夜归人。

  刘长卿 逢雪宿芙蓉山主人 （90）

长风破浪会有时，直挂云帆济沧海。

     李 白 行路难 （70）

潮平两岸阔，风正一帆悬。

     王 湾 次北固山下 （60）

沉舟侧畔千帆过，病树前头万木春。

 刘禹锡 酬乐天扬州初逢席上见赠 （102）

城中桃李愁风雨，春在溪头荠菜花。

     辛弃疾 鹧鸪天 （156）

抽刀断水水更流，举杯消愁愁更愁。

  李 白 宣州谢朓楼饯别校书叔云 （74）

出师未捷身先死，长使英雄泪满襟。

     杜 甫 蜀 相 （83）

垂死病中惊坐起，暗风吹雨入寒窗。
　　　　　　元　稹　闻乐天授江州司马　（99）
春蚕到死丝方尽，蜡炬成灰泪始干。
　　　　　　李商隐　无　题　（114）
春潮带雨晚来急，野渡无人舟自横。
　　　　　　韦应物　滁州西涧　（91）
春城无处不飞花，寒食东风御柳斜。
　　　　　　韩　翃　寒　食　（91）
春风又绿江南岸，明月何时照我还。
　　　　　　王安石　泊船瓜洲　（118）
春色满园关不住，一枝红杏出墙来。
　　　　　　叶绍翁　游园不值　（128）
春雨断桥人不度，小舟撑出柳阴来。
　　　　　　徐　俯　春游湖　（130）
慈母手中线，游子身上衣。
　　　　　　孟　郊　游子吟　（93）
此曲只应天上有，人间能得几回闻？
　　　　　　杜　甫　赠花卿　（88）
大江东去，浪淘尽、千古风流人物。
　　　　　　苏　轼　念奴娇·赤壁怀古　（148）
大漠孤烟直，长河落日圆。
　　　　　　王　维　使至塞上　（66）

但使龙城飞将在，不教胡马度阴山。
王昌龄 出 塞 （63）
当年万里觅封侯，匹马戍梁州。
陆 游 诉衷情 （153）
稻花香里说丰年，听取蛙声一片。
辛弃疾 西江月·夜行黄沙道中 （155）
等闲识得东风面，万紫千红总是春。
朱 熹 春 日 （127）
东边日出西边雨，道是无晴却有晴。
刘禹锡 竹枝词 （99）
东风不与周郎便，铜雀春深锁二乔。
杜 牧 赤 壁 （111）
东南形胜，三吴都会，钱塘自古繁华。
柳 永 望海潮 （145）
独在异乡为异客，每逢佳节倍思亲。
王 维 九月九日忆山东兄弟 （67）
多情自古伤离别，更那堪冷落清秋节。
柳 永 雨霖铃 （144）
尔曹身与名俱灭，不废江河万古流。
杜 甫 戏为六绝句 （89）
飞流直下三千尺，疑是银河落九天。
李 白 望庐山瀑布 （75）

【索引】

非淡泊无以明志,非宁静无以致远。
　　　　　　　　诸葛亮　诫子书　(180)
粉身碎骨浑不怕,要留清白在人间。
　　　　　　　　于　谦　石灰吟　(132)
风烟俱净,天山共色,从流飘荡,任意东西。
　　　　　　　　吴　均　与朱元思书　(187)
风雨如晦,鸡鸣不已。
　　　　　　　　《诗经》　风　雨　(39)
烽火连三月,家书抵万金。
　　　　　　　　杜　甫　春望　(82)
夫战,勇气也。一鼓作气,再而衰,三而竭。
　　　　　　　　《左传》　曹刿论战　(164)
浮云游子意,落日故人情。
　　　　　　　　李　白　送友人　(73)
富贵不能淫,贫贱不能移,威武不能屈,此之谓大丈夫。
　　　　　　　　《孟子》　居天下之广居　(12)
工欲善其事,必先利其器。
　　　　　　　　　　　　《论语》　(8)
孤帆远影碧空尽,惟见长江天际流。
　　　　李　白　黄鹤楼送孟浩然之广陵　(73)

姑苏城外寒山寺,夜半钟声到客船。
　　　　　　　　张　继　枫桥夜泊　(90)
故为精卫。常衔西山之木石,以堙于东海。
　　　　　　《山海经》　精卫填海　(173)
关关雎鸠,在河之洲。
　　　　　　　　《诗经》　关　雎　(37)
过尽千帆皆不是,斜晖脉脉水悠悠。
　　　　　　　　温庭筠　望江南　(140)
海内存知己,天涯若比邻。
　　　　　王　勃　送杜少府之任蜀州　(55)
好雨知时节,当春乃发生。随风潜入夜,润物细无声。
　　　　　　　　杜　甫　春夜喜雨　(83)
好读书,不求甚解;每有会意,便欣然忘食。
　　　　　　　陶渊明　五柳先生传　(185)
何当共剪西窗烛,却话巴山夜雨时。
　　　　　　　　李商隐　夜雨寄北　(114)
何夜无月?何处无竹柏?但少闲人如吾两人耳!
　　　　　　苏　轼　记承天寺夜游　(217)
黑云翻墨未遮山,白雨跳珠乱入船。
　　苏　轼　六月二十七日望湖楼醉书　(119)

黑云压城城欲摧，甲光向日金鳞开。
　　　　　　　李　贺　雁门太守行　（ 95 ）
后生可畏，焉知来者之不如今也？
　　　　　　　　　　《论语》　（ 7 ）
忽如一夜春风来，千树万树梨花开。
　　　　　岑　参　白雪歌送武判官归京　（ 79 ）
湖上影子，惟长堤一痕、湖心亭一点，与余舟一芥、舟中人两三粒而已。
　　　　　　　张　岱　湖心亭看雪　（230）
淮水东边旧时月，夜深还过女墙来。
　　　　　　　　刘禹锡　石头城　（101）
黄鹤一去不复返，白云千载空悠悠。
　　　　　　　　　崔　颢　黄鹤楼　（ 61 ）
黄梅时节家家雨，青草池塘处处蛙。
　　　　　　　　赵师秀　约　客　（130）
黄沙百战穿金甲，不破楼兰终不还。
　　　　　　　　　王昌龄　从军行　（ 62 ）
会当凌绝顶，一览众山小。
　　　　　　　　　杜　甫　望　岳　（ 82 ）
会挽雕弓如满月，西北望，射天狼。
　　　　　苏　轼　江城子·密州出猎　（146）

鸡声茅店月，人迹板桥霜。
温庭筠　商山早行　（113）
羁鸟恋旧林，池鱼思故渊。
陶渊明　归园田居　（53）
己所不欲，勿施于人。
《论语》　（9）
寂然凝虑，思接千载；悄焉动容，视通万里。
刘勰　《文心雕龙》（192）
蒹葭苍苍，白露为霜。
《诗经》　蒹葭（40）
剪不断，理还乱，是离愁。别是一般滋味在心头。
李煜　相见欢（141）
见贤思齐焉，见不贤而内自省也。
《论语》　（4）
江南可采莲，莲叶何田田！
汉乐府　江南（42）
江山代有才人出，各领风骚数百年。
赵翼　论诗（134）
僵卧孤村不自哀，尚思为国戍轮台。
陆游　十一月四日风雨大作（125）

【索引】

接天莲叶无穷碧,映日荷花别样红。

　　　　　杨万里　晓出净慈寺送林子方　（122）

借问梅花何处落,风吹一夜满关山。

　　　　　高　适　塞上听吹笛　（78）

今夫弈之为数,小数也,不专心致志,则不得也。

　　　　　《孟子》　专心致志　（13）

今夜偏知春气暖,虫声新透绿窗纱。

　　　　　刘方平　夜　月　（79）

九曲黄河万里沙,浪淘风簸自天涯。

　　　　　刘禹锡　浪淘沙　（100）

九万里风鹏正举。

　　　　　李清照　渔家傲　（152）

旧时王谢堂前燕,飞入寻常百姓家。

　　　　　刘禹锡　乌衣巷　（102）

举头望明月,低头思故乡。

　　　　　李　白　静夜思　（71）

君子成人之美,不成人之恶。

　　　　　《论语》　（8）

君子慎其独也。

　　　　　《中庸》　天命之谓性　（30）

君子于役，不知其期。
　　　　　　《诗经》　君子于役　（38）
君自故乡来，应知故乡事。
　　　　　　王　维　杂　诗　（65）
可怜身上衣正单，心忧炭贱愿天寒。
　　　　　　白居易　卖炭翁　（105）
空山不见人，但闻人语响。
　　　　　　王　维　鹿　柴　（66）
孔子东游，见两小儿辩斗。
　　　　　　《列子》　两小儿辩日　（27）
夸父与日逐走。
　　　　　　《山海经》　夸父逐日　（173）
喇叭，唢呐，曲儿小腔儿大。
　　　　　　王　磐　朝天子·咏喇叭　（159）
老骥伏枥，志在千里。烈士暮年，壮心不已。
　　　　　　曹　操　龟虽寿　（51）
两岸青山相对出，孤帆一片日边来。
　　　　　　李　白　望天门山　（75）
两岸猿声啼不住，轻舟已过万重山。
　　　　　　李　白　早发白帝城　（76）
两个黄鹂鸣翠柳，一行白鹭上青天。
　　　　　　杜　甫　绝　句　（88）

林暗草惊风,将军夜引弓。

　　　　　　　卢　纶　塞下曲　（ 92 ）
零落成泥碾作尘,只有香如故。

　　　　　　　陆　游　卜算子　（153）
流水落花春去也,天上人间。

　　　　　　　李　煜　浪淘沙　（140）
楼船夜雪瓜洲渡,铁马秋风大散关。

　　　　　　　陆　游　书　愤　（124）
路人借问遥招手,怕得鱼惊不应人。

　　　　　　　胡令能　小儿垂钓　（ 93 ）
绿树村边合,青山郭外斜。

　　　　　　　孟浩然　过故人庄　（ 57 ）
乱花渐欲迷人眼,浅草才能没马蹄。

　　　　　　　白居易　钱塘湖春行　（108）
洛阳亲友如相问,一片冰心在玉壶。

　　　　　　　王昌龄　芙蓉楼送辛渐　（ 63 ）
落红不是无情物,化作春泥更护花。

　　　　　　　龚自珍　己亥杂诗　（134）
敏而好学,不耻下问。

　　　　　　　　　　《论语》　（ 5 ）
敏于事而慎于言。

　　　　　　　　　　《论语》　（ 3 ）

明月松间照，清泉石上流。
　　　　　　王　维　山居秋暝　（64）
莫愁前路无知己，天下谁人不识君？
　　　　　　高　适　别董大　（77）
莫道不销魂，帘卷西风，人比黄花瘦。
　　　　　　李清照　醉花阴　（151）
莫等闲，白了少年头，空悲切。
　　　　　　岳　飞　满江红　（150）
男儿何不带吴钩，收取关山五十州。
　　　　　　李　贺　南　园　（95）
南海之帝为倏，北海之帝为忽，中央之帝为浑沌。
　　　　　　《庄子》　浑　沌　（22）
泥融飞燕子，沙暖睡鸳鸯。
　　　　　　杜　甫　绝　句　（81）
鸟宿池边树，僧敲月下门。
　　　　　　贾　岛　题李凝幽居　（103）
女娲炼石补天处，石破天惊逗秋雨。
　　　　　　李　贺　李凭箜篌引　（94）
女娲炼五色石以补苍天。
　　　　　　《淮南子》　女娲补天　（174）

其业有不精，德有不成者，非天质之卑，则心不若余之专耳，岂他人之过哉？

     宋　濂　送东阳马生序　（228）

岂曰无衣？与子同袍。

     《诗经》　无　衣　（41）

气蒸云梦泽，波撼岳阳城。

   孟浩然　望洞庭湖赠张丞相　（56）

千里莺啼绿映红，水村山郭酒旗风。

     杜　牧　江南春　（110）

千里之行，始于足下。

 《老子》　合抱之木，生于毫末　（14）

千门万户曈曈日，总把新桃换旧符。

     王安石　元　日　（117）

千磨万击还坚劲，任尔东西南北风。

     郑　燮　竹　石　（133）

千山鸟飞绝，万径人踪灭。

     柳宗元　江　雪　（96）

前不见古人，后不见来者。

    陈子昂　登幽州台歌　（56）

黔无驴，有好事者船载以入。

     柳宗元　黔之驴　（199）

羌笛何须怨杨柳,春风不度玉门关。
　　　　　　　王之涣　凉州词　（58）
锲而舍之,朽木不折;锲而不舍,金石可镂。
　　　　　　　《荀子》　劝　学　（16）
亲贤臣,远小人,此先汉所以兴隆也;亲小人,远贤臣,此后汉所以倾颓也。
　　　　　　　诸葛亮　出师表　（177）
青箬笠,绿蓑衣,斜风细雨不须归。
　　　　　　　张志和　渔歌子　（139）
青山遮不住,毕竟东流去。
　　　　　　　辛弃疾　菩萨蛮·书江西造口壁　（154）
清风徐来,水波不兴。举酒属客,诵明月之诗,歌窈窕之章。　苏　轼　赤壁赋　（218）
清明时节雨纷纷,路上行人欲断魂。
　　　　　　　杜　牧　清　明　（113）
晴空一鹤排云上,便引诗情到碧霄。
　　　　　　　刘禹锡　秋　词　（101）
取一葫芦置于地,以钱覆其口,徐以杓酌油沥之,自钱孔入,而钱不湿。
　　　　　　　欧阳修　卖油翁　（207）
劝君更尽一杯酒,西出阳关无故人。
　　　　　　　王　维　送元二使安西　（68）

人间四月芳菲尽，山寺桃花始盛开。
　　　　　　　　白居易　大林寺桃花　（109）
人面不知何处去，桃花依旧笑春风。
　　　　　　　　崔　护　题都城南庄　（109）
人生自古谁无死，留取丹心照汗青。
　　　　　　　　文天祥　过零丁洋　（131）
人有悲欢离合，月有阴晴圆缺，此事古难全。
　　　　　　　　苏　轼　水调歌头　（147）
人又谁能以身之察察，受物之汶汶者乎！
　　　　　　　　司马迁　屈原列传　（169）
日出东南隅，照我秦氏楼。
　　　　　　　　汉乐府　陌上桑　（43）
日出江花红胜火，春来江水绿如蓝。
　　　　　　　　白居易　忆江南　（139）
日月之行，若出其中；星汉灿烂，若出其里。
　　　　　　　　曹　操　观沧海　（50）
塞下秋来风景异，衡阳雁去无留意。
　　　　　　　　范仲淹　渔家傲　（142）
三军可夺帅也，匹夫不可夺志也。
　　　　　　　　《论语》　（8）
三人行，必有我师焉。
　　　　　　　　《论语》　（6）

桑柘影斜春社散,家家扶得醉人归。
　　　　　　　王　驾　社　日　（116）
山不厌高,水不厌深。
　　　　　　　曹　操　短歌行　（50）
山不在高,有仙则名。水不在深,有龙则灵。
　　　　　　　刘禹锡　陋室铭　（203）
山川之美,古来共谈。
　　　　　　　陶弘景　答谢中书书　（191）
山重水复疑无路,柳暗花明又一村。
　　　　　　　陆　游　游山西村　（123）
山外青山楼外楼,西湖歌舞几时休?
　　　　　　　林　升　题临安邸　（128）
商女不知亡国恨,隔江犹唱后庭花。
　　　　　　　杜　牧　泊秦淮　（111）
少而好学,如日出之阳。
　　　　　　　刘　向　师旷论学　（170）
少小离家老大回,乡音无改鬓毛衰。
　　　　　　　贺知章　回乡偶书　（60）
少壮不努力,老大徒伤悲!
　　　　　　　汉乐府　长歌行　（42）
射人先射马,擒贼先擒王。
　　　　　　　杜　甫　前出塞　（82）

深林人不知，明月来相照。
　　　　　　　王　维　竹里馆　（65）
生当作人杰，死亦为鬼雄。
　　　　　　　李清照　夏日绝句　（121）
生，亦我所欲，义，亦我所欲也；二者不可得兼，舍生而取义者也。
　　　　　　《孟子》　鱼，我所欲也　（12）
声振林木，响遏行云。
　　　　　　《列子》　薛谭学讴　（28）
士不可以不弘毅，任重而道远。
　　　　　　　　　　《论语》　（7）
世有伯乐，然后有千里马。
　　　　　　　韩　愈　马　说　（196）
视思明，听思聪，色思温，貌思恭，言思忠，事思敬，疑思问，忿思难，见得思义。
　　　　　　　　　　《论语》　（9）
疏影横斜水清浅，暗香浮动月黄昏。
　　　　　　　林　逋　梅　花　（116）
谁道人生无再少？门前流水尚能西！
　　　　　　　苏　轼　浣溪沙　（148）
谁知盘中餐，粒粒皆辛苦。
　　　　　　　李　绅　悯　农　（104）

虽有嘉肴,弗食不知其旨也;虽有至道,弗学不知其善也。

《礼记》 教学相长 （33）

岁寒,然后知松柏之后凋也。

《论语》 （8）

桃花潭水深千尺,不及汪伦送我情!

李白 赠汪伦 （72）

桃花一簇开无主,可爱深红爱浅红?

杜甫 江畔独步寻花 （89）

桃之夭夭,灼灼其华。

《诗经》 桃夭 （38）

天苍苍,野茫茫,风吹草低见牛羊。

南北朝乐府 敕勒歌 （48）

天将降大任于是人也,必先苦其心志,劳其筋骨,饿其体肤,空乏其身,行拂乱其所为,所以动心忍性,曾益其所不能。

《孟子》 生于忧患,死于安乐 （11）

天阶夜色凉如水,卧看牵牛织女星。

杜牧 秋夕 （112）

天生我材必有用,千金散尽还复来。

李白 将进酒 （69）

【索引】

天时不如地利,地利不如人和。

　　《孟子》　得道多助,失道寡助　（10）
天下事有难易乎?为之,则难者亦易矣;不为,则易者亦难矣。

　　　　彭端淑　为学一首示子侄　（232）
天行健,君子以自强不息。

　　　　　　《易传》　（29）
田家少闲月,五月人倍忙。

　　　　　白居易　观刈麦　（107）
停车坐爱枫林晚,霜叶红于二月花。

　　　　　杜　牧　山　行　（112）
童孙未解供耕织,也傍桑阴学种瓜。

　　　　范成大　四时田园杂兴　（126）
晚来天欲雪,能饮一杯无?

　　　　　白居易　问刘十九　（108）
万里赴戎机,关山度若飞。

　　　　南北朝乐府　木兰诗　（47）
王师北定中原日,家祭无忘告乃翁。

　　　　　陆　游　示　儿　（126）
温故而知新。

　　　　　　《论语》　（4）

文不可以学而能，气可以养而致。

　　　　　苏　辙　上枢密韩太尉书　（222）

问今是何世，乃不知有汉，无论魏晋。

　　　　　　　　陶渊明　桃花源记　（183）

问君能有几多愁？恰似一江春水向东流。

　　　　　　　　　李　煜　虞美人　（141）

问渠哪得清如许，为有源头活水来。

　　　　　　　　　朱　熹　观书有感　（127）

我寄愁心与明月，随风直到夜郎西。

　李　白　闻王昌龄左迁龙标遥有此寄　（72）

我劝天公重抖擞，不拘一格降人才。

　　　　　　　　　龚自珍　己亥杂诗　（135）

我愿平东海，身沈心不改。

　　　　　　　　　顾炎武　精　卫　（132）

无边落木萧萧下，不尽长江滚滚来。

　　　　　　　　　　杜　甫　登　高　（87）

无贵无贱，无长无少，道之所存，师之所存也。

　　　　　　　　　　韩　愈　师　说　（193）

无可奈何花落去，似曾相识燕归来。

　　　　　　　　　晏　殊　浣溪沙　（143）

吾妻之美我者，私我也；妾之美我者，畏我也；客之美我者，欲有求于我也。

《战国策》 邹忌讽齐王纳谏 （166）

吾日三省吾身。

《论语》 （3）

吾十有五而志于学。

《论语》 （4）

物格而后知至，知至而后意诚，意诚而后心正，心正而后身修，身修而后家齐，家齐而后国治，国治而后天下平。

《礼记》 大学之道 （33）

夕阳无限好，只是近黄昏。

李商隐 乐游原 （115）

夕阳西下，断肠人在天涯。

马致远 天净沙·秋思 （158）

羲之尝慕张芝，临池学书，池水尽黑。

曾 巩 墨池记 （213）

先天下之忧而忧，后天下之乐而乐。

范仲淹 岳阳楼记 （206）

乡村四月闲人少，才了蚕桑又插田。

翁 卷 乡村四月 （129）

小荷才露尖尖角,早有蜻蜓立上头。
　　　　　　　杨万里　小　池　(122)
兴,百姓苦;亡,百姓苦!
　　　　　张养浩　山坡羊·潼关怀古　(158)
星垂平野阔,月涌大江流。
　　　　　　　杜　甫　旅夜书怀　(86)
学而不思则罔,思而不学则殆。
　　　　　　　　《论语》　(4)
学而不厌,诲人不倦。
　　　　　　　　《论语》　(6)
学而时习之,不亦说乎?
　　　　　　　　《论语》　(3)
燕赵古称多感慨悲歌之士。
　　　　　韩　愈　送董邵南游河北序　(198)
仰之弥高,钻之弥坚。
　　　　　　　　《论语》　(7)
遥望洞庭山水翠,白银盘里一青螺。
　　　　　　　刘禹锡　望洞庭　(100)
遥知不是雪,为有暗香来。
　　　　　　　王安石　梅　花　(118)
野火烧不尽,春风吹又生。
　　　　　白居易　赋得古原草送别　(105)

【索引】

野旷天低树，江清月近人。
　　　　　　　　孟浩然　宿建德江　（58）
夜来风雨声，花落知多少？
　　　　　　　　孟浩然　春　晓　（57）
一川烟草，满城风絮，梅子黄时雨。
　　　　　　　　贺　铸　青玉案　（149）
一箪食，一瓢饮，在陋巷，人不堪其忧，回也不改其乐。
　　　　　　　　《论语》　（5）
一年之计，莫如树谷；十年之计，莫如树木；终身之计，莫如树人。
　　　　　　《管子》　终身之计　（18）
一骑红尘妃子笑，无人知是荔枝来。
　　　　　　　　杜　牧　过华清宫　（110）
衣上征尘杂酒痕，远游无处不销魂。
　　　　　　陆　游　剑门道中遇微雨　（123）
医得眼前疮，剜却心头肉。
　　　　　　　　聂夷中　咏田家　（115）
遗民泪尽胡尘里，南望王师又一年。
　　　陆　游　秋夜将晓出篱门迎凉有感　（125）
毅魄归来日，灵旗空际看。
　　　　　　　　夏完淳　别云间　（133）

盈盈一水间，脉脉不得语。
　　　　　　古诗一首　迢迢牵牛星　（45）
颖乎尔诚能，无以冰炭置我肠！
　　　　　　韩　愈　听颖师弹琴　（97）
悠悠乎与颢气俱，而莫得其涯；洋洋乎与造物者游，而不知其所穷。
　　　　　　柳宗元　始得西山宴游记　（201）
友直，友谅，友多闻，益矣。
　　　　　　　　　　《论语》　（9）
与不善人居，如入鲍鱼之肆，久而不闻其臭。
　　　　　　王　肃　慎其所处者　（181）
予独爱莲之出淤泥而不染。
　　　　　　周敦颐　爱莲说　（212）
欲把西湖比西子，淡妆浓抹总相宜。
　　　　　　苏　轼　饮湖上初晴后雨　（120）
欲将轻骑逐，大雪满弓刀。
　　　　　　卢　纶　塞下曲　（92）
欲穷千里目，更上一层楼。
　　　　　　王之涣　登鹳雀楼　（59）
欲速则不达，见小利则大事不成。
　　　　　　　　　　《论语》　（8）

愿君多采撷,此物最相思。

王 维 相 思 （65）

月出惊山鸟,时鸣春涧中。

王 维 鸟鸣涧 （67）

月黑见渔灯,孤光一点萤。

查慎行 舟夜书所见 （135）

月下飞天镜,云生结海楼。

李 白 渡荆门送别 （77）

云横秦岭家何在?雪拥蓝关马不前。

韩 愈 左迁至蓝关示侄孙湘 （97）

早知潮有信,嫁与弄潮儿。

李 益 江南曲 （98）

沾衣欲湿杏花雨,吹面不寒杨柳风。

释志南 绝 句 （129）

朝发白帝,暮到江陵,其间千二百里,虽乘奔御风,不以疾也。

郦道元 三 峡 （189）

正是江南好风景,落花时节又逢君。

杜 甫 江南逢李龟年 （88）

知彼知己,百战不殆。

《孙子》 谋 攻 （20）

知否？知否？应是绿肥红瘦。

　　　　　　　　李清照　如梦令　（151）

知之为知之，不知为不知，是知也。

　　　　　　　　　　《论语》　（ 4 ）

知之者不如好之者，好之者不如乐之者。

　　　　　　　　　　《论语》　（ 5 ）

只恐双溪舴艋舟，载不动许多愁。

　　　　　　　　李清照　武陵春　（152）

只在此山中，云深不知处。

　　　　　　贾　岛　寻隐者不遇　（103）

纸上得来终觉浅，绝知此事要躬行。

　　　　　　陆　游　冬夜读书示子聿　（124）

志士不饮盗泉之水，廉者不受嗟来之食。

　　　　　　　范　晔　乐羊子妻　（171）

志士仁人，无求生以害仁，有杀身以成仁。

　　　　　　　　　　《论语》　（ 8 ）

质胜文则野，文胜质则史。

　　　　　　　　　　《论语》　（ 5 ）

致中和，天地位焉，万物育焉。

　　《中庸》　喜怒哀乐之未发　（ 31 ）

中庭月色正清明，无数杨花过无影。

　　　　　　　　张　先　玉楼春　（143）

众鸟高飞尽，孤云独去闲。

李　白　独坐敬亭山　（76）

种豆南山下，草盛豆苗稀。

陶渊明　归园田居　（53）

竹径通幽处，禅房花木深。

常　建　题破山寺后禅院　（78）

竹外桃花三两枝，春江水暖鸭先知。

苏　轼　惠崇春江晚景　（121）

子子孙孙，无穷匮也，而山不加增，何苦而不平？

《列子》　愚公移山　（26）

最喜小儿亡赖，溪头卧剥莲蓬。

辛弃疾　清平乐·村居　（154）

醉里挑灯看剑，梦回吹角连营。

辛弃疾　破阵子·为陈同甫赋壮词以寄之　（155）

醉翁之意不在酒，在乎山水之间也。

欧阳修　醉翁亭记　（209）

醉卧沙场君莫笑，古来征战几人回？

王　翰　凉州词　（61）